KB065739

문학과지성 시인선 480

피어라 돼지

김혜순 시집

문학과지성사

문학과지성사에서 펴낸 김혜순의 시집

또 다른 별에서(1981)
아버지가 세운 허수아비(1985, 개정판 1994)
우리들의 陰畵(1990, 개정판 1995)
나의 우파니샤드, 서울(1994)
불쌍한 사랑 기계(1997)
달력 공장 공장장님 보세요(2000)
한 잔의 붉은 거울(2004)
당신의 첫(2008)
슬픔치약 거울크림(2011)
어느 별의 지옥(2017, 시인선 R)
날개 환상통(2019)
지구가 죽으면 달은 누굴 돌지?(2022)

문학과지성 시인선 480

피어라 돼지

초판 1쇄 발행 2016년 3월 3일
초판 7쇄 발행 2024년 4월 1일

지 은 이 김혜순
펴 낸 이 이광호
펴 낸 곳 ㈜문학과지성사
등록번호 제1993-000098호
주　　소 04034 서울 마포구 잔다리로7길 18(서교동 377-20)
전　　화 02)338-7224
팩　　스 02)323-4180(편집) 02)338-7221(영업)
전자우편 moonji@moonji.com
홈페이지 www.moonji.com

ⓒ 김혜순, 2016. Printed in Seoul, Korea

ISBN 978-89-320-2850-7 03810

이 책의 판권은 지은이와 ㈜문학과지성사에 있습니다.
양측의 서면 동의 없는 무단 전재 및 복제를 금합니다.

이 도서의 국립중앙도서관 출판예정도서목록(CIP)은 서지정보유통지원시스템 홈페이지
(http://seoji.nl.go.kr)와 국가자료공동목록시스템(http://www.nl.go.kr/kolisnet)에서
이용하실 수 있습니다. (CIP제어번호: CIP2016003310)

문학과지성 시인선 480

피어라 돼지

김혜순

2016

시인의 말

아무것도 말하지 않기가
아무것도 소리치지 않기가

시의 체면을 세워주기가
너무도 힘든 시절이었다

2016년 3월
김혜순

피어라 돼지

차례

2부 글씨가 아프다

1부 돼지라서 괜찮아

돼지라서 괜찮아

돼지는 말한다

아무래도 돼지를 십자가에 못 박는 건 너무 자연
스러워, 의미 없어

나는 선방에 와서 가부좌하고 명상을 하겠다고 벽
을 째려본다

있지, 지금 고백하는 건데 사실 나 돼지거든. 있
지, 나 태어날 때부터 돼지였어
더러워 나 더러워 진짜 더럽다니까. 영혼? 나 그
런 거 없다니까

그러나 머리는 좋지 아이큐는 포유류 중 제일 높
지 청결을 좋아하지
난 화장실 넘치는 꿈 제일 싫어해 그 꿈 꾸고 나면
아이큐가 삼십은 빠져

나는 더러운 물속에서 아침잠을 깬 사람처럼 쿨적 거린다

코를 풀고 싶지만 선방엔 휴지가 없다 스님들은 콧물 안 나오나?

있지, 너 돼지도 우울하다는 거 아니? 돼지도 표정이 있다는 거?

물컹거리는 슬픔으로 살찐 몸, 더러운 물, 미끌미 끌한 진흙

내가 로테르담의 쿤스트할레에서 얀 배닝이라는 사진가가 일제 식민지 치하

수마트라 할머니들 찍은 사진을 봤거든 그런데 그 사진 속 표정은 딱 두 종류였어

불안 아니면 슬픔, 그래서 난 걸어가면서 그 주름 얼굴들에게 이름을 붙여줬지

당신은 불안, 당신은 슬픔, 슬픔 다음 불안, 불안,
슬픔, 슬픔.

　나의 내용물, 슬픔과 불안, 일평생 꿀꿀거리며 퍼
먹은 것으로 만든 것
　슬픔과 불안, 그 보리밭 사잇길로 뉘 부르는 소리
있어 돼지 한 마리 지나가네

　그런데 돼지더러 마음속 돼지를 끌어내고 돼지우
리를 청소하라 하다니
　명상하다가 조는 돼지를 때려주려고 죽봉을 든 스
님이 지나간다

　아무래도 돼지를 십자가에 못 박는 건 너무 자연
스러워, 의미 없어
　아무래도 돼지가 죽어서 돼지로 부활한다면 어느
돼지가 믿겠어?
　아무래도 여긴 괜히 왔나 봐, 나한테 템플스테이

는 정말 안 어울려

있지, 조금 있다 고백할 건데 나 돼지거든 나 본래
돼지였거든

뒈지는 돼지

돼지다, 도무지 밖을 본 적 없는 돼지다, 내내 돼
지다, 우울한 돼지다, 늑대가 온다 외치는 돼지다,
세상에서 가장 두려운 돼지를 왕으로 뽑은 돼지다,
오 멋진 시궁창! 외치며 베개를 껴안는 돼지다, 뒈질
뒈질 낳아주신 엄마를 잡아가면 좋겠네 혼자 웃는
돼지다, 온 세상이 다 쌀죽이라고 생각하는 입술이
부르튼 돼지다, 4XL 돼지다, 침대에 꽉 찬 돼지다,
그 이름 도무지 돼지다, 바다 건너란 말만 들어도 벌

벌 떠는 돼지다, 고개를 들어본 적 없는 예예 돼지다, 밤하늘 드넓은 궁창을 우러르기만 해도 무서워 뒈져버리는 돼지다, 뒈지는 돼지는 돼지라고 생각하는 뒈지는 돼지다

    팔다리가 축 늘어진 돼지, 꼬리를 가랭이 사이에 감추고 쿨적거리는 돼지, 허공을 묶었는데 왜 이리 무거워 돼지, 겨드랑이에 손을 넣으면 뜨거운 구름 냄새가 나 돼지, 부드러운 도대체 돼지, 아늑한 이윽고 돼지, 일평생 나를 타고 놀아 돼지, 쥐가 새끼를 갉아먹어도 아늑한 돼지, 눈동자에 무엇을 껴입었니 돼지, 왜 돼지가 돼지인 줄 모르나 돼지, 사진은 아는데 거울은 아는데 너만 모르는 돼지, 한번도 창문을 내다본 적 없는 돼지, 이빨 뽑힌 돼지, 탄식 돼지, 후회 돼지, 이빨 뽑히고 꼬리 잘린 다음 입 안에 혼자 남은 외로운 혀 돼지, 그러나 입만 벌리면 돼지 돼지 소리가 나는 돼지, 고기 돼지

ㅋㅋㅋㅋ 까마귀가 머리에 올라 앉을 때 돼지가 따라서 우는 소리

ㅋㅋㅋㅋ 주인은 감옥 가고 똥물이 무릎 위까지 차올라올 때 돼지가 지르는, 당연히 비명

ㅋㅋㅋㅋ 돼지가 돼지가 아니라고 할 때 속으로 외치는 말

ㅋㅋㅋㅋ 엄마를 데려갈 때 뒤돌아보는 건 돼지라고 말하는 돼지가 하는 말

ㅋㅋㅋㅋ 무엇보다 제가 돼지인 줄 모르는 우리나라 돼지들의 교성

철근 콘크리트 황제 폐하!

철근 콘크리트 사벽 황제 폐하!

16

기분이 엿 같아본 적은 없으세요?

도와달라는 소리 들어본 적은 있나요?

(다들 그렇게 외치니까)

왜 나보고 자꾸만 나를 버리라는 거예요?

엿 같다니까요? 정신과 의사도 아니면서

그렇다고 경찰도 아니면서

이 세상은 후손 거라면서 왜 자꾸 셋방살이하는
기분이 들게 해요?

왜 새벽에 일어나 벽만 바라보라는 거예요?

지붕에 올라가서 망원경으로 산 아래 좀 내려다보
고 싶어요

아니면 부엌에 가서 밥 좀 더 먹고 올게요

속의 아이는 절대 성장하지 않고 징징대고 껄떡거
리는데

왜 내가 벽 보고 나를 버려야 돼요?

내가 어디 있어서 나를 버려야 돼요?

철근 콘크리트 사벽 황제 폐하!

어깨에 손 좀 올려도 될까요?

나한테 말 좀 해봐요, 당신 말 듣는 건

물속에 빠진 내 그림자를 찾는 것보다 더 어렵겠
지만

덤벼봐! 사면 벽아! 해봤자 소용없다는 건 나도
알아요.

죽봉을 든 스님이 이기 뭐꼬? 하면서 내 어깨를
세 번 치네요

나는 지금 벽 앞에 앉아 꿀꿀거리는 돼지 기분이
에요

시간을 백열등처럼 매달아 놓고

불안이 마련해준 특별 방석에 앉으셔서

돼지더러 돼지를 버리라 닦달하시니 대단하시네요

뒷주머니에 넣어둔 휴지를 부적처럼 꺼내 보다가

철근 콘크리트 사벽 황제 폐하!

앞으로 내가 먹을 쌀 한 톨 한 톨이 다 회오리치나
봐요

몸 바깥이 아파요

육체로부터 나가지 못해봤나요?
네 분 벽님이 서로 어깨에 손을 얹으시고
나를 가운데 좌정시킨 다음
화두에 끌리지 말고 화두를 끌고 가라니
나더러 어디로 가란 말씀이에요?
도대체 넌 누구야?
글은 왜 쓰는 거야?
너 지금 나보고 죽자는 거야?
아님 나보고 먼저 죽으라는 거야?
타인의 고통을 먹고 사는 년아

나는 정말 면벽은 못 하겠어
벽하고 얘기하는 건 체질에 안 맞아

키친 컨피덴셜

이 여름의 끝은 언제나 집집마다의 부엌!

여자들의 머리칼이 수세미처럼 흩어지고 아이들의 송곳니 아래서 살찐 암소들이 누운 벌판이 뼈를 발리는 곳 이곳이 차마 꿈엔들 잊힐 리야 붉은 뺨은 얇게 저며져서 설탕이 끓는 침 속으로 떨어지고 포도송이처럼 심해의 눈알들이 햇볕 아래 익어가는 곳 이곳이 차마

여자는 굴 껍데기 속에
굴처럼 미끈거리는 집을 지었습니다
집은 굴처럼 쉽게 상하고
입속에서 미끈미끈 씹혔습니다

집에서 나온 것들은 잘 갈라졌습니다

심장은 네 등분하기 좋았습니다

결국 저 입 벌린 굴의 입맛에 맞도록
침샘에서 물이 솟도록
배 속의 새끼 돼지 한 마리 잠들도록

엄마는 입속에다 아기를 길렀습니다
아기는 엄마를 아껴서 파먹었습니다
아기가 여물어갔습니다
엄마! 세상에서 제일 먼 곳이 어디야
먹을 게 없는 데지! 나는 대답했습니다

강가에 이빨들이 주욱 늘어서고
목구멍이 태양을 삼켰습니다
저 새는 삼키지 마
저 물새는 깨물지 마
강이 내 이빨에게 속삭이며 흘러갔습니다

접시는깨지고 기름은튀고 간장은쏟아지고 나는피
곤하고 팔목을데고 프라이팬에눌어붙고 겉은타고속
은안익고 앞치마는더럽고 수돗물은끊기고 시궁창은
막히고 옷에서냄새나고 손님은다시오고 유리잔은뿌
옇고 설탕은쏟아지고 담뱃재는튀고 생선비늘이손등
에박히고 컬럼비아호는폭발하고 기름에불붙고 냄비
는시커멓고 칼은무디고 세무서와보건위생국은달려
오고 음식물쓰레기는넘치고 오븐속의칠면조는타오
르고

새끼는 하루 종일 먹을 거 먹을 거 하고

나는 아는데 내 배 속의 끼룩끼룩 늘 배고픈 돼지
는 모르는 것
그것은 나의 끝
썩은 굴처럼 문드러질 나의 목젖

갈매기 한 마리 떨어진 제 눈알을 쪼아 먹고 있네

엄마의 가슴이 아이스크림처럼 폭폭 떠 먹히고 실밥이 풀린 손들이 너덜너덜 국냄비 속으로 쏟아져 들어가는 곳 이곳이 차마 꿈엔들 잊힐 리야 서쪽 하늘을 숟가락으로 닥닥 긁어 먹는 달의 뼈를 고아 뽀얀 국물을 만들고 거기에 땅속 시신들의 육즙을 곁들여 마시는 곳 이곳이 차마 꿈엔들 잊힐 리야

결국 이 가을의 끝은 언제나 집집마다의 부엌!

파란 칼 아래 끓는 강물 속 이빨들이 정렬한 곳

세상에서 제일 맛있는 당신

돼지들이 걸어온다

이 화창한 대낮에

이렇게 꽃 흐드러진 대낮에

돼지9 원피스돼지, 돼지9 투피스돼지, 돼지9 넥타
이돼지 걸어온다

요리조리 엉덩이 흔들며 하이힐 콕콕 찍어대며

돼지9 길러서 먹어주세요

돼지9 먹고 울어주세요

돼지9 새끼도 낳아 드릴게요

돼지9 슬픈 인생이었다고 한 번만 말해주세요

돼지9 나를 잘 싸서 준비해주세요

돼지9 창자는 줄에 걸어주세요

돼지9 하나도 버리지 말아주세요

돼지9 트림은 그렇게 심하게 말아주세요

맛있는 걸 당신이라고 불러도 되나요?

아껴가며 살살 파먹어도 되나요?

당신은 돼지를 사랑했다
　익숙하게 살집을 가르고 신문지에 싸서 검은 봉지
에 담아 주었다

　모두 이름이 같은 돼지

　돼지들이 걸어온다
　다 먹어 치웠는데 또 걸어온다
　배가 불러 죽겠는데 또 걸어온다

　돼지9 똥 위에 젖가슴을 대고 엎드린다
　돼지9 똥 위에 젖가슴을 대고 엎드린다

요리의 순서

1

나는 돼지
노출증 환자 돼지

나는 내 오물을 나의 독자들에게 나눈다

만져봐 이보다 더 부드러울 수는 없어

내가 쓴 것을 돼지처럼 공중에 매달아주세요

뚱뚱보 독재자를 광장에 매달듯이

2

죽은 사람이 와서 죽인 사람을 갈긴다
갈기기 전에 저녁 한번 먹여준다
달콤한 것부터 먹어
향기 떠나기 전에 먹어
배불리 먹어
알뜰하게 먹여준다
그다음 지구 반대편에서
누군가 틀어놓은 라디오 음악에 맞춰
죽은 사람이 죽인 사람을 요리할 차례가 온다

내 입에 신맛이 떠돌 때 이국의 저녁 하늘에서 신
맛이 빠진다
내 입에 단맛의 봉분이 솟을 때 노을에서 단맛이
사라진다
내 입에 커피 향이 열릴 때 모르는 얼굴이
모르는 무기를 들고 성큼성큼 내 안으로 들어온다

은박지가 벗겨지자 검푸른 밤하늘에 새콤거리는 발렌타인 데이의 별들

　새로 만든 무덤의 얼굴이 소녀의 얼굴처럼 여물어 간다

　나는 집에서 요리하는 사람

　도마 위에 칼을 올려놓고 두 눈을 가린다

　삼가 명복을 빕니다

　나를 먹을 차례가 온다

돼지에게 돼지가

우리는 미래의 어느 날 다큐멘터리를 찍는다. 영

원히 생존할 자아를 위한 장기(臟器) 농장 프로젝트 촬영 중이다. 그중에 나는 제일 예쁜 배우다. 이 생각이 내 연기에 최고로 도움을 준다. 나는 당신의 염통이 되려고 길러진다. 나는 당신의 폐가 되려고 길러진다. 나는 당신의 피부가 되려고 길러진다. 나는 당신의 쓸개가 되려고 길러진다. 심지어 나는 당신의 뇌가 되려고 길러진다. 말하자면 이런 식이다. 나는 당신의 눈치를 보면서 얼른 당신의 눈동자를 내 눈동자로 바꿔준다. 나는 미소를 짓다가 얼른 당신의 간을 내 싱싱한 간으로 바꿔준다. 당신은 끝없이 부품을 교체하여 죽지 않는다. 다시 말하지만 이런 일엔 내가 예쁜 배우라는 것이 무척 도움이 된다. 나는 당신의 슬픔, 당신의 눈물, 당신의 불안, 당신의 공포, 당신의 장애가 되려고 길러진다. 나 없이 세상에서 제일 심심한 사람이 되고 싶어요? 내가 가끔 물었지만 당신은 나를 당신이 되게 하려고 기른다. 내가 완전히 당신이 되는 날, 예예 주인님 내 염통이 당신에게 가서 인사하는 날을 상상해본다. 그런데

고깃덩어리만 남은 내가 내 얼굴을 알아볼까? 당신
은 연두색 형광조끼를 입고 와서 내 사지를 묶어서
질질 끌고 간다. 당신은 내 간, 당신은 내 콩팥, 당신
은 내 심장, 당신은 내 눈알, 당신은 내 피부, 간절히
울부짖어도 당신은 내가 당신인 줄도 모르고 나를
끌고 간다. 곤봉으로 가끔 쑤셔대면서 간다. 당신은
돼지 사찰 모독 횡령 고문 협박으로 감옥에 가야 한
다. 당신은 나를 이런 암덩어리 하면서 침대보다 작
은 우리에 처박는다.

어두운 깔깔 클럽

구정물 가득 든 몸뚱이
한 우리에서 꿀꿀거리는
돼지들 어째서 다 똑같이 생겼는지

식구들 분리 수거해놓고 춤추러 가는 아이

오 그 멋진 시궁창 아빠가 나를 때렸어요
오 물이 가득 든 항아리 엄마가 나를 버렸어요

아빠는 숫자를 먹는 돼지고요 엄마는 엉덩이가 뺨
에 달린 돼지예요

이 세상에서 가장 더러운 건
엄마 되고 싶은 애새끼들
아빠 되고 싶어 훌쩍거리는 애새끼들

아빠는 아빠 만들려고 나를 기르고요
엄마는 엄마 만들려고 나를 길러요

몸에 달라붙은 엄마아빠 냄새 때문에
몸 흔들어 털어버리는 중이에요

나는 시방 더러워요
엄마아빠 그림자 얼룩진 몸뚱이 정말 더러워요

나 나 나 나는 죽지만 엄마아빠 영원히 살아요

엄마는 기름진 구름처럼 더럽고요
아빠는 더러운 물이 끓어서 더 더러워요

구름과 땅 사이 펼쳐진 거대한 검은 봉지
어둠이 우리를 담아 들고 출렁출렁 춤추는 밤
이 세상 사람들의 고백은 왜 끝끝내 모두 똑같은지

더러워요 더러워요 죽음만 싸지르는 엄마아빠
돼지를 싣고 가는 트럭 짐칸처럼 더러워요

발 디딜 틈 없는 클럽에 몸 담그고 가는 밤

몸에서 그림자를 끊어주겠다고 저 멀리서 초승달 빛나는 칼날이 다가오는 밤

먼 훗날 엄마의 혹은 아빠의 창자가 되려는 창자를 흔들고 토하는 밤

Pink Pigs Fluid

하늘에 분홍 당신 떠간다 발가벗은 당신
나는 당신 알몸 쳐다보기 좋아서 손뼉을 짝짝짝 친다

보름달 쟁반이 분홍색 당신 몸속을 통과한다
통통한 당신이 소화시키지 못할 것은 세상에 없다
쟁반 다음에 오호츠크 검은 우산이 당신 몸속을

통과한다

　구름은 당신과 조상이 같고
　바람은 당신과 후손이 같아
　(그렇지만 나는 이렇게 말한다)
　(저 하늘에 분홍 돼지 한 마리 떠간다!)

　비바람이 돼지우리를 강타하며 울부짖고 있는 가
운데
　엄마 돼지는 젖꼭지가 12개
　그러나 살아남은 새끼는 13마리
　엄마는 젖꼭지를 뚝뚝 떼어 수제비를 끓이는데
　열세번째 돼지가 숨을 거두네

　왜 세상에서 제일 예쁜 것들이 제일 먼저 떠날까
　왜 세상에서 제일 나쁜 냄새가 제일 나중 떠날까
　엄마 품에서 떨어지지 않는 죽은 새끼 냄새 같은 것

이번엔 초승달이 당신 몸속을 난도질하며 지나간다

이 세상에 당신이 소화시키지 못할 것은 없는데

당신은 이제 칼날을 소화시키느라 q q q q q 서

녘 하늘 붉은데

분홍색 당신 몸속에서 기지개 켜는 시간 너무 좋

아서

당신이 누구인지 누구의 딸인지 누구의 엄마인지

모두 잊고서

내가 네 개의 발에 구두 신고 짝짝 짝짝짝 손뼉 발

뼉을 친다

세상의 모든 수영장마다 분홍 물 가득 넘치는 시간

공중에 떠도는 분홍 당신 너무 많아 내 하늘 참 복

잡하구나

돼지禪

어째서 나한테는 떠난 사람의 그림자만 남았을까요
어째서 나한테서 돼지라는 말이 떨어지지 않을까요

무음 청소기로 소리를 모두 빨아들인 것 같은 방 안
이름 모를 나무의 이파리들이 흐릿한 커튼을 어루
만지는 방 안

우리는 발끝으로 걸어야 하죠
벽 너머 8년째 묵언 수행 중인 스님
스님 밥 드나드는 문 열릴 때 섬광처럼 끼쳐오는
요란한 냄새
돼지우리보다 더 예리한 냄새
스님! 스님! 면벽 스님! 제가 질문이 있는데요!
8년 동안 목욕은 한 번도 안 하셨나요?
혹시 표류선이라고는 들어보셨나요?

망망대해를 떠가는 아이스박스 표류선!

아이스박스 하나에 어부 하나!

물 한 모금도 못 먹은 지 8일째!

스님! 스님! 면벽 스님! 이런 건 들어보셨나요?

화장실도 없는 독방에서 하지도 않은 일을

불어라 불어라 두들겨 맞는 독방선이요!

그도 저도 아니면 똥선은 어떤가요?

하루 종일 제가 낳은 똥만 바라보면서 똥을 질질
싸는 선

코마에 갇힌 선! 창살 돼지선!

나는 돼지인 줄 모르는 돼지예요

그렇지만 세숫물에 얼굴 쏟으면 일단 돼지가 보
이죠

나는 돼지인 줄 모르는 선생이에요

매일 칠판에 구정물만 그리죠

나는 몸 안의 돼지를 달래야 하는 환자예요

그러고도 사람들 몸 안에 좌정한 돼지만 보여요

하루만 걸러도 냄새 진동하는 이 짐승을 어찌할까요

하루만 먹이지 않아도 꽥꽥 소리를 지르는 이 돼지를 어찌할까요

스님! 스님! 면벽 스님!

벽을 오래 바라보고 있으면 벽이 열리나요?

벽 나가면 벽 바깥에 갇히는 기분이에요

사장 판사 장군 서장 형사 하나님은 벽 바깥에 살죠

벽이 열리면 수사가 시작되죠 스님! 스님! 면벽 스님!

벽 너머에서 나를 꿰뚫고 계시나요?

나의 자백을 듣고 계시나요?

그렇담 이 그림자에 분홍 살 올려보세요

저 커튼에 드리워지는 정신분열증 걸린 나무 말고

분홍색 통통한 꽃 한번 매달아보세요 추워 죽겠

어요

　파리가 껌처럼 수행자들을 씹고 있는 방 안
　큰 소리만 들어도 가슴에서 젖이 쏟아질 듯 조용
한 방 안

　나는 돼지인 줄 모르는 돼지예요
　두통이라는 뚱보 여자예요
　구토라는 뚱보 여자의 그림자예요
　날개도 없는 검은 기름가방이에요
　제 몸을 제가 파먹는 돼지예요
　전 세계의 부처들이 돌아앉아 앓는 소리를 내고
있는 방
　나는 겨드랑이에 털이 가득한 돌덩이예요

마릴린 먼로

화면같이 청결한 세상에서 살았었다고
은빛 비행기를 타고 가서
거울 속처럼 깨끗한 침대 위에
누워 이마에 손을 올렸었다고
하늘하늘 치마를 걸었었다고 하지 마라

우리는 돼지로 돌아온다
먹고 싸는 이 돼지 자석에 철컥 달라붙는다

머리에 꽃을 매달고
최후의 얼음침대 위에 누워
산소줄 매달고 차디차게 붕붕거렸었다고 하지 마라
우리는 뜨거운 돼지로 돌아온다
마지막 배역을 맡으러 돌아온다
관 속에 눕기 전에 손가락이 썩는 배역

태워도 태워도 재가 남지 않는 불꽃놀이 신났었
다고
　당신과 내가 q q 거리는 소리
　절벽에서 흰 나비 떼처럼 부화했었다고
　몸속의 웅덩이 찰싹찰싹하는 소리
　그래도 서로 조금씩은 달랐다고
　매일매일 몸 밖은 물로 씻고
　몸 안은 피로 씻었었다고 하지 마라
　발가락 사이에 때가 끼고
　잠으로 밀봉된 상자가 지독한 냄새를 터뜨린다

　그리하여 최후의 배역에 철컥 달라붙는다
　내가 싼 것 위에 몸을 철퍼덕 싸는 배역
　영혼이 빠져나간 다음 쇠갈고리에 걸리는 배역
　뭉개지면서 내가 내 혀 맛을 볼 수 있게 되는 배역

　양손에 돼지 가슴이 담긴 봉지를 든 여자가

아까부터 같은 얘기 계속 중얼거리며 걸어가고 있다

오줌 같은 비가 한 모금 두 모금 떨어지고 있다

지뢰에 붙은 입술

오 더러운 년 간다
두들겨 맞고 간다
오 눈부신 망할 년 간다
도망간다
오 검게 반들거리는 시궁창 같은 년 간다
내뺀다

저년을 막아! 회초리를 든 사람들이 몰려온다

나 혼자 살게요
버림받은 년
돼지 같은 년
달아난다

이게 다 이 더러운 자루에 담긴 물 때문이에요
그녀가 운다

나도 이 물이 가득 든 자루가 싫어요
그녀가 침을 흘린다

누가 돼지를 껴안았다가 뺨을 갈긴다
이 더러운 돼지가 나를 화나게 하잖아 이 더러운
암돼지가

더러워 더러워 더러워 나 참 더럽네
그냥 꿈속에서 살걸 여긴 왜 왔을까

죽어라 돼지
너 왜 젖 먹니
너 왜 자라니
나 같으면 안 자라겠다
주인님 오셔서 손가락 얼마나 굵어졌나
살은 얼마나 피둥거리나 만져보는데
나 같으면 안 자라겠다

오 그리운 돼지가 간다
쫓겨간다

오 한 여자가 돼지를 나가려고 한다

건들지 마 건들지 마 돼지를 건들지 마 더 이상

반토막난 흑돼지
그림자가 그녀에게 매달려 간다

피어라 돼지

훔치지도 않았는데 죽어야 한다
죽이지도 않았는데 죽어야 한다
재판도 없이
매질도 없이
구덩이로 파묻혀 들어가야 한다

검은 포클레인이 들이닥치고
죽여! 죽여! 할 새도 없이
알전구에 똥칠한 벽에 피 튀길 새도 없이
배 속에서 나오자마자 가죽이 벗겨져 알록달록 싸
구려 구두가 될 새도 없이
새파란 얼굴에 검은 안경을 쓴 취조관이 불어! 불
어! 할 새도 없이
이 고문에 버틸 수 없을 거라는 절박한 공포의 줄
넘기를 할 새도 없이

옆방에서 들려오는 친구의 뺨에 내리치는 손바닥을 깨무는 듯
내 입 안의 살을 물어뜯을 새도 없이
손발을 묶고 고개를 젖혀 물을 먹일 새도 없이
엄마 용서하세요 잘못했어요 다시는 안 그럴게요 할 새도 없이
얼굴에 수건을 놓고 주전자 물을 부을 새도 없이
포승줄도 수갑도 없이

나는 밤마다 우리나라 고문의 역사를 읽다가
아침이면 창문을 열고 저 산 아래 지붕들에 대고 큰 소리로 노래를 부른다
이곳이 차마 꿈엔들 잊힐 리야
나에겐 노래로 썻고 가야 할 돼지가 있다
노래여 오늘 하루 12시간만 이 몸에 붙어 있어다오

시퍼런 장정처럼 튼튼한 돼지 떼가 구덩이 속으로 던져진다

무덤 속에서 운다
네 발도 아니고 두 발로 서서 운다
머리에 흙을 쓰고 운다
내가 못 견디는 건 아픈 게 아니에요!
부끄러운 거예요!
무덤 속에서 복부에 육수 찬다 가스도 찬다
무덤 속에서 배가 터진다
무덤 속에서 추한 찌개처럼 끓는다
핏물이 무덤 밖으로 흐른다
비오는 밤 비린 돼지 도깨비불이 번쩍번쩍한다
터진 창자가 무덤을 뚫고 봉분 위로 솟구친다
부활이다! 창자는 살아 있다! 뱀처럼 살아 있다!

피어라 돼지!
날아라 돼지!

멧돼지가 와서 뜯어 먹는다

독수리 떼가 와서 뜯어 먹는다

파란 하늘에서 내장들이 흘러내리는 밤!
머리 잘린 돼지들이 번개치는 밤!
죽어도 죽어도 돼지가 버려지지 않는 무서운 밤!
천지에 돼지 울음소리 가득한 밤!

내가 돼지! 돼지! 울부짖는 밤!

돼지나무에 돼지들이 주렁주렁 열리는 밤

구천무곡

살과 함께한 시절
살이 나라고

살 속에 들어가본 적도 없지만
뜨거운 불꽃에 닿으면 깜짝 놀랐다고
무방비는 부끄러운 것이라
침대에선 시트로 유방을 가렸다고
살갗 속 방 한 칸
진정제 각성제 항우울제 항경련제
분사해 벌레를 잡았다고

떠나면서 돌아본다
구름 같은 나를 담은 자루를
변덕 많은 그림자를 기수처럼 태우고
검은 땀 흘리다가 이제야 다리를 꺾는 돼지 한 마
리를
나에게 어울리는 맞춤복은 아니었지만
벗어놓은 열 가락 살 장갑과 열 가락 살 양말
그 위에 작은 창문처럼 손톱과 발톱
그 창문 뒤에서 내다보는 한 사람

깨우는 약
재우는 약
나가는 약
토하는 약
약 먹고 약 토하는 약

　죽은 느낌표처럼 쓰러진 몸을 흰 천에 싸서 남겨
두고 이제 떠난다

　저것을 벗고 떠도는 것이 또 나라고 굳게 믿으면서

산문을 나서며

몸 버리고 가라는데 몸 데리고 간다

돼지 버리고 가라는데 돼지 데리고 간다

꿈속에서 나가
이제 그만 새나 되라는데
몸속에서 새가 운다

이제 그만 안녕 너 없이도 살 수 있어

돼지가 따라온다

내가 바로 저 여자야
못생기고 더러운 저 여자
배 속에 가득 망각이 들어찬 저 여자
머릿속에 토사물만 가득 든 여자
지나가던 소녀가 침을 탁 뱉는 바로 저 여자
길거리 모퉁이에 서 있으면 모두 달아나버리는 저
여자
무서운 아저씨들의 장화 밑에서 우글거리는

글의 집은 너무 좁은데 피할 줄도 모르는

때 묻은 얼굴이야 더러운 엉덩이야 피 묻은 발톱이야

날 데리러 오는 장의차 소리는 귀신같이 아는 바로 저 여자야

무서워서 먹고 무서워서 소리치고 무서워서 또 먹는 바로 저 여자야

나는 입술에 붙은 밥풀이야 뱉은 걸 먹고 싼 걸 먹는 바로 저 여자야

역겨운 여자 냄새나는 여자 미친년 맞는 년

내가 접시에 누우면 맛있는 소스라도 발라서 구워줄래?

못생긴 여자야 하루에 한 움큼씩 항우울약 먹는 여자야

네가 나를 사랑해주겠다고 동정해주겠다고 그러지만

나 돼지야

그런데 한마디 덧붙이자면 나 재미있는 돼지야
나는 이렇게 생긴 비밀이야 유머가 터질 듯해서
아이들이 운동장에서 차고 놀 수 있는 오줌보야

돼지 한 마리가 산문을 나서는 나를 멀찍이 따라
온다
36도 5부 방에서 나왔으니 춥겠지? 냄새나는 코트
들고 따라온다

기쁘다 돼지 오셨네
만백성 맞으라!

2부 글씨가 아프다

모욕과 목욕

흙도 목욕을 한다고 한다 흙도 몸에 물을 끼얹고
싶어 한다고 한다

메말라 쩍쩍 갈라지는 흙처럼 창가에 앉아 저녁
의 찬 흙을 생각한다 저녁이 되면 가라앉을 수 있을
거야

생각하는데 두 손이 쩍쩍 갈라진다 두 손을 흙빗
자루처럼

담벼락에 기대어 놓는다 마당이 나쁜 예감처럼 가
지런하다 곧 어릴 적 앓았던 늑막염의 기침이 휘몰
아칠 것만 같다

흙을 접으면 흙이 된다고 한다 흙을 펴면 흙이 된
다고 한다 시간도 이와 같다고 한다 펴나 접으나 같
다고 한다

어제와 내일이 다 흙이다 어떤 감정들은 흙이다
흙은 앞으로 도래할 흙의 감정이다 흙을 손에 올려
본다 흙 속에 누워본다 불을 켜든 켜지 않든 어둡긴
마찬가지다

눈을 뜨고도 눈을 더 뜨고 싶었는데 꿈에서 본 것

은 눈을 뜨고 본 것인가

흙도 목욕을 한다고 한다 몸에 물이 척척 달라붙도록 몸이 신발에 척척 감기도록 목욕을 한다고 한다

젖은 흙을 뭉쳐서 마음이 될 때까지 뭉개고 있는 사람

나는 흙 너머로는 갈 수가 없다 흙이 얼어붙었다가 녹으면서 한 생이 저문다

나는 몸이 뿌옇게 날아오르는 창가에 앉아 젖은 몸이 아스팔트에 착 달라붙는 상상을 한다

뚜쟁이 경찰 세리들이 내 환멸을 밟고 간다 눈꺼풀을 닫은 흙이 그치들의 신발을 붙잡는다

내가 이 기억에 갇힌 지 얼마나 될까 다시 몸이 뿌옇게 솟아오른다

흙이 목욕을 기다린다 누가 나에게 속속들이 물을 끼얹어 모욕하나

나는 아스팔트에 착 엎드려 자동차 바퀴를 몸 위에 받아도 되겠다

하늘을 나는 저 새를 묻으려면 한 삽의 흙이 필요
하다

큰 거울을 사벽에 펼치고
그 거울로 하루 종일 출렁거리는 까만 수면을 들
여다본다

글씨가 아프다

귀신들이 읽는 글인데
잉크가 묻지 않는 방법을 쓴 글인데
병을 생각하지 않으려고
병상에서 쓴 글인데
불에 달군 몸으로 쓴 글인데
보시다시피 시대와 맞지 않는 글인데

문을 닫고 나간 글이 병원 복도에서 울었습니다
새벽을 맞은 뱀파이어 아기처럼 울었습니다

종이는 구겨지고
구겨진 종이 위에
파란 핏줄로 짠 먹구름
그 아래 신경질환을 앓는 산맥들

외로운 우주선처럼 종이 뭉치가 쓰레기통에서 발
진합니다

날아라 글!
글씨도 없이
가서 먼지 돌 가득한 우주 공간의 간호를 받아라

지우개로 지워서 쓴 글인데
되새김질하는 뇌의 방들을 매일매일 지운 글인데
그만 좀 가져가세요!
나는 육인실에 누워 소리를 삼킵니다

아프면 더러운 종이들이 나타납니다
앙상한 팔목에 매달린 구겨진 종이 뭉치
우글우글 병든 종이들이 염소 떼처럼
그중 두 마리가
침상을 기어오릅니다

4월이 오면

내 뒤통수는 서른 개

나는 세상에서 제일 징그러운 알 서른 개를 순서
대로 살살 쓰다듬습니다

나는 알 알 알 알 알 알 알 알 알 알 짖을 겁니다

총알이 따뜻해질 때까지
단감이 홍시가 될 때까지
밤하늘 별이 녹을 때까지

암탉이 질병을 낳고 있습니다
암탉이 죽음을 낳고 있습니다
암탉이 귀신을 낳고 있습니다

옷을 벗기면 김이 무럭무럭 나는 서른 명의 신생
아들이 도열해 있습니다

알은 닭이 되고 닭은 튀김이 되고

그 누가 이 알들의 앞날을 생각이나 해봤겠습니까?

자정 너머 헤아려보는 양 떼보다

빨리 사라지는 계란 한 판

그리고 6월 9월 11월

4월 17일 목요일 수업에 들어온

열다섯 명의 A반 학생들이 신생아실의 간호원들처럼

서른 개의 눈을 뜨고 나를 낱낱이 훑어보고 있습니다

메리 크리스마스

바람 분다. 바람 속에서 째지는 양아치 목소리. 오늘 밤 아기를 수태하리니. 아이고 천사님, 나는 백살이 넘었습니다. 바람 분다. 바람 속에서 양은대야 굴러가는 듯 카랑카랑한 목소리. 오늘 밤 아기를 수태하리니, 그 이름을 왕이라 하라. 아이고 천사님, 나는 백발이 삼천 척. 농담할머니 백발 휘날리며 중얼중얼 걸어간다. 바람 분다. 할머니 고개를 절래절래 걸어간다.

바람 분다. 바람 속에서 담배를 팍팍 빠는 의붓엄마 같은 허스키 목소리. 오늘 밤 내가 네 아들을 데려가리니, 아이고 천사님, 백발이 바람에 날린다. 미풍이 냄새나는 치맛자락을 걷어올린다. 바람 속에서 담배꽁초처럼 떨어지는 말씀. 변기처럼 입 벌린 말씀. 물 내려도 안 내려가는 말씀. 오늘 밤 내가 네 아들에게 죽음의 세례를 주리니, 할머니 귓구멍으로 의붓엄마 손가락이 들어온다. 아이고 천사님, 우리 아들 죽은 지가 언젠데, 텔레파시 능력자 할머니 백

발 헝클어지며 바람 분다.

　바람 분다. 방방곡곡 라디오가 한 채널에 맞춰진 것 같은 소리, 큰 소리, 오늘 밤 너 죽는 거 나 보러 가리니, 아이고 천사님 나는 이미 죽었습니다. 바람 분다. 바람 속에서 천사들이 붐빈다. 무릎이 깨진 천사, 싸우는 천사, 엉겨 붙은 천사, 소리 지르는 천사, 따귀를 갈기는 천사, 오토바이 천사, 가방을 낚아채는 천사, 전염병 창궐 천사, 회오리바람 분다. 이 몸의 백골이 진토된 게 그 언젠데, 천사님 천사님, 머리를 절래절래 길바닥에 백발 삼천 척, 풍향계처럼 흔들흔들 할머니 마음, 바람 또 분다.

설탕생쥐

(내 혀와 내 몸의 같은 점과 다른 점)

(먼저 같은 점)

누군가의 이빨 사이에 산다

화들짝 돌기들이 솟는다

샘에서 물이 확 솟는다

플러그처럼 연결할 수도 있지만 반대로 스파크가 튀면 미칠 때도 있다

어항에 들어가면 쥐새끼들처럼 뜬다

빨아놓은 속옷처럼 줄에 매달려 있다가 소리를 줄 줄 흘린다

뾰족한 것이 들어오면 당신이 세상에서 가장 아픈 곳을 찔렀어요 호들갑 떤다

철창 속에 몸을 가두는 곳은 감옥과 정신병원, 인신매매범 그리고 중환자실. 정신병원의 붕붕붕 코끼리가 편지를 보내왔다. 봄 같고 설탕 같은 나의 선생님, 눈물에 젖은 볼이 봉숭아 같더구나. 나는 편지들을 혀의 미뢰로 읽는다. 얇아지는 희디흰 종이. 가위에 눌린 잠처럼 내 윗몸에 눌린 내 아랫몸. 이빨이 누래지고, 입속에서 노른자 달이 깨어진다. 이제 글자는 다 핥았다. 학생님 얼른 나으세요.

(아직도 같은 점)

설탕의 광기에 시달린다

쥐구멍에서 들락날락한다

둘 다 언젠가 쥐의 통치하에 살아본 경험이 있다

둘만 모르고 다 아는 사실도 있다 안전한 곳에 숨어 있다고 생각한다

고양이과 짐승의 울음소리가 들리면 치르르 떤다

흰 기저귀들이 유리창처럼 걸려 있는 오후. 오후에는 네 혀를 내 입속에 담아놓고 싶구나. 시린 귀를 두 손으로 감싸주듯 내 윗입술과 아랫입술로 네 혀를 감싸주고 싶구나. 나는 징그러운 편지를 짝짝 찢는다. 검은 바다 위를 떠가는 별들을 타닥타닥 내리치는 타자 솜씨 좋은 아저씨, 힘들면 그만두시죠. 그런 별 읽는 사람 지금 세상에 어딨어요? 심심하면 마침표나 쾅 하나 떨어뜨려보시죠. 나는 암캐처럼 하늘과 흘레붙은 몸. 내 몸 위로 별들 타다닥 떨어지고, 훌쩍거리며 질질 침 흐르는 저 하늘.

(마지막으로 내 혀와 내 몸의 다른 점)

굴삭기로 파헤쳐 발굴할 수 있다와 없다

하늘 언덕을 미끄러져 내려오는 혀, 방문 앞까지 왔구나, 그만 주무세요, 생쥐 같은 님. 편지는 계속된다. 달다. 네 눈동자를 입속에 넣으면 달다. 네 그것이 달다. 네 그림자가 달다. 네 목소리가 달다. 네 쫄깃한 가래떡 같은 혀가 달다. 네 시계가 달다. 네 손길이 달다. 네 눈물이 달아서 눈물 속의 개구리가 달아서 뱀처럼 핥았다. 건방진 편지는 그만 읽고, 네 혀를 꿀단지 속에 집어넣은 개미처럼 훈련시켜보면 좋으련만, 생쥐 같은 혀새끼. 미쳐버린 놈!

달 그릇 세트

강가의 찰흙을 퍼다가 물레에 올리고 유약에 담갔다가 토끼 부부를 그려 불가마에 구웠더니, 왕비는 외국에서 온 깡패들에게 살해당하고, 가마는 박물관에 가고, 가마꾼은 고향 가고, 그나마 깨지지 않은 동그란 달 12형제가 남아 경매에 붙여졌어요.

전생의 남자가 달 세트를 사다가 수갑을 채웠어요.

수갑 찬 달이 부엌에서 식탁으로, 식탁에서 침대로, 바람 좋은 날은 피크닉 바구니 속으로 옮겨 다녔지요.

벌거벗은 달 하나가 식탁 위에 엎어져 있는 날도 있었지요. 달랑 하나 남은 빵 한 조각을 얹은 알몸 하나, 세상에서 이것보다 외로운 건 없을 거예요.

세월이 지나 아기들이 태어나 집을 나가고, 그 아기가 늙어 죽도록 달은 오래 살았지요.

달 세트가 식탁에 올려졌다 내려졌다 할 때마다 명줄에서 우수수 떨어지던 이 집 식구들. 달 세트는 이가 몇 개씩 빠졌지만 아주 오래 살았어요.

잘린 손목 같은 새끼를 품고, 피를 가득 내뿜어 월식할 때가 가장 견디기 힘들었지만 집이 세워졌다 허물어지고, 다시 개량되는 동안에도 달 세트는 선반 위에 살아 있었어요.

남자는 말했지요, 이 접시는 엄마가 쓰던 거야. 죽은 어머니가 날마다 접시로 출토되는 부엌, 우리는 태어나 꿈을 꾸다가 잠이 된다고 어린 딸이 말했지요.

유적지에선 가끔 새까맣게 타버린 사람들과 반상기가 출토되었어요. 부엌에서 울다가 눈길을 돌리면 늘 선반 위에서 눈빛 마주쳐주는 달 세트, 이상하지요? 내 눈물과 가장 많이 눈 맞춘 건 저 이 빠진 달 세트라니까요.

　—나는 내가 이렇게 높은 곳까지 올라와 살 줄 몰 랐어요. 이렇게 검은 하늘, 높고 외딴 곳에 나 혼자 불 켜고 있는 줄 정말 몰랐어요.

　강가의 흙을 퍼다가 물레에 올리고, 유약에 담갔 다가 토끼를 그려 가마에 구운 다음 이렇게 세월이 오래갈 줄 몰랐어요.

　보름달 깨어지고, 떨어진 검은 운석들이 부엌 바 닥에서 천장까지 가득 차오르는 밤, 그러나 아직 달 은 몇 개 더 남았어요. 양손으로 흙을 퍼내고 또 달 을 몇 개 씻어야겠지요.

연어는 좋겠다

　가로등은 좋겠다. 팔이 없어서. 물고기는 좋겠다. 팔이 없어서. 나는 내 팔을 어디 둬야 할지 몰라. 방울뱀은 좋겠다. 연어는 좋겠다. 나는 팔이 부끄러워. 파르테논 신전 기둥보다 무거운 팔. 천천히 두 팔을 대문처럼 열고 손바닥을 펼치면 내 손은 박쥐, 내 손은 까마귀. 내 손은 독수리. 제 맘대로 푸드덕거려서 나는 깍지 낀 두 손을 풀 수가 없네. 양쪽에서 당겨봐야 소용없네. 신전의 문은 잠겼네. 당신 앞에 서면 내 팔은 한 개 두 개 백 개 천 개. 그 팔들 차례로 푸드덕거려서 나는 새끼 많은 어미새처럼 처량하게 울부짖네. 나는 내 손들을 가둘 새집을 한 개 두 개 백 개 천 개 내 몸에 매다는 상상을 해보려 눈을 감네. 몸에 붙은 새집을 하나하나 열다 보면 밤이 오고, 다시 새집을 하나하나 잠그다 보면 아침이 오는 상상. 다시는 팔 벌리지 않아도 나 혼자 바쁠 상상. 천 개의 새집을 차례차례 잠그고 나면 또 잠을 자게 되는 그런 찬란한 하루치 상상. 천수관음님은 팔이 천개. 천수관음님 서 있지도 못하고 누워 있지도 못해서 깨금발 들고 천 년을 뛰어다니시네. 천수관음님 속에서 철새 도래지의 새들처럼 솟아오르는 천 개의 손바닥! 천 개의 손바닥이 푸드덕거리며 천수관음 님 몸을 들어 올리면, 천수관음님 얇은 시스루 속치 마 펄럭거리며 때마침 떠오르는 달을 향해 날아가시 네. 천수관음님 그 많은 부끄러움 어떻게 참고 계실 까. 이 밤, 내 천 개의 손을 당신에게 들키고 싶지 않 은 밤. 팔이 없으면 부끄러움도 없네. 제 맘대로 푸 드덕거리는 팔을 열 개 백 개 천 개 끌어안고 웅크린 밤. 젖은 팔 잠시 접고 비 오는 날 처마 밑의 처량한 미친 여자, 천수관음님처럼. 나는 내 팔이 부끄러워, 천번째의 눈꺼풀을 마저 내리네.

우기

1. 줄무늬 옷을 입은 여자

술이 깨면 가
비가 그치면 가
옷이 마르면 가

그는 장대 같은 여인을 끌어안고 쓰레기통 곁에서
울었다

상실을 얼굴에 칠하고 온 여자였다
마멸을 얼굴에 바르고 온 여자였다

하루 종일 차르르 차르르 문밖에서 샤워만 하는
여자였다

지붕 위로 목이 쑥 나오도록 키가 큰 여자
너무 길어서 지붕들만 내려다보는 여자
그렇지만 아기처럼 날마다 길어지는 여자

톡 톡 톡 문을 두드리며 들어오는
줄무늬 옷을 입은 여자

줄무늬들이 몸을 흔들며 한 방향으로 기울어지면
작은 물결 이는 머리칼

이렇듯 황홀, 게으른

2. 쏟아진 여자

땅속에 쇠사슬 철렁거리는 소리
무릎을 지하 감옥에 가두는 소리

잠시 후 발끝에서 솟구치더니 방을 적시고
이불을 적시고
스탠드를 적시더니

쏟아져버린 여자

그 여자가 바로 나예요

(내가 어떻게 그 집을 나왔는지 말하지 않겠습니다
어떻게 하수도를 지났는지도 말하지 않겠습니다

다만 강물에 섞여 흐를 때 바위에 부딪히면 비명을
질렀다는 것
자갈밭을 지날 땐 기침이 쏟아졌다는 것
낮은 계곡을 지날 땐 하늘에서 회초리들이 내려왔다
는 것
작은 물고기들을 숨길 수 없을 땐 죽고 싶었다는 것)

3. 키 큰 여자

설탕 탑이 녹아내리듯

차곡차곡 선반에 엎어놓은 흙으로 빚은 그릇들이
녹아내리듯
　　전봇대에 붙은 포스터들이 녹아내리듯

　　물기둥들이 녹아내리는 주랑을 걸어갔습니다
　　비의 뿌리가 모두 뽑히는 보도를 걸어갔습니다

　　재판받으러 가는 물기둥들이
　　줄무늬 옷을 입은 물기둥들이
　　늘어선 주랑을 평생 걸었습니다

　　몸이 너무 길어져서 얼굴이 보이지도 않게 된
　　여자의 발밑을 우산을 쓰고 지나갔습니다
　　하반신이 물인 여자를 지나갔습니다

　　나의 긴 곳과 여자의 긴 곳이 맞닿는 주랑을 걸어
갔습니다

수박은 파도의 기억에 잠겨

나는 조용히 편지를 씁니다

검은 스웨터를 뚫고 수박 냄새가 만개한다고 씁니다

사실 이 나이의 여자가 사랑한다고 말하는 것은

우리나라에선 죄를 짓는 일과 같습니다

수박에게나 말해야 하는 것입니다

사랑이라고 하는 세상의 저속을 생각해봅니다

눈을 감으면 눈 속의 눈을 감으면 눈 속의 눈 속의 눈을 감으면

하늘보다 더 어두운 바다가 거기 있습니다

그러면 나는 그 깊은 바다를 두 주먹으로 텅텅 두드리며 불러봅니다

밤바다여 태풍을 모신 밤의 파도여

그렇게 이름을 부르자 그 파도가 나에게 와서 하나의 수박이 되었습니다

밤에는 수박이 더욱 커집니다

숨어서 혼자 익는 수박의 당도는 매우 높습니다

나는 수박을 좋아하지도 싫어하지도 않습니다만

수박에게 나의 파도여 그렇게 이름을 붙이지는 않습니다
다만 입을 꾹 다물고 러닝머신 위를 달릴 때는
마치 파도 위를 뛰는 여자처럼
수박이 헬스클럽까지 따라오게 해서는 안 되었다고 되뇌고 되뇝니다
나는 수박을 품고
수박 향기 자욱한 저녁에
깊은 파도 소리를 듣습니다
그 검고 큰 밤바다가 실내를 가득 채우는 걸 바라보며
가슴에 박힌 수박을 조용히 끌어안습니다
그리고 나는 편지를 보내지 않기로 합니다

찢어진 편지의 찢어진 영혼에게 조용히 두 손을 합장해봅니다

날아가는 새의 가녀린 겨드랑이

날아가면서 눈감아도 되나요?
날아가면서 심장에 손을 얹어봐도 되나요?

차디찬 공중에서 귀를 기울이다가
분홍색 맨발로 얼음에 내려앉는 새

척추의 매듭이 풀어지고 한 방울 한 방울
그곳에서 척수가 떨어지는 새

공연 시작 5분 전입니다. 무대 막 오릅니다.
죽은 후 떨면서 첫 무대에 오르는 새

날아가면서 그만 날기로 해도 되나요?
날아가다가 그만 툭 떨어져도 되나요?

여기는 누구의 마지막 숨이 펼친 풍경인가요?
새는 누구의 마지막 숨에서 튕겨져 나왔나요?

침묵이 가득 든 얼음 속에 웅크리고 숨었는데
　누가 망치를 들고 오네요. 이름, 이름 하면서 이름
을 대라 하네요

　이 삶이 나한테서 나갔어요 원피스는 벗겨지고 새
장*만 남았어요
　그 방에 들어가 뺨을 맞고 엎드리기 직전 새의 얼
굴을 코앞에서 보았습니다

　새 한 마리 떨면서 쇠침대에 사지가 묶입니다
　꿈속에서 꿈밖으로 수북하게 쏟아지는 깃털들

　발목에 이름표를 감고 고개를 옆으로 놓은 저것!
　침대로 끌어올려놓고 보니 젖은 날개가 구만리인
저것!

　* 크리놀린.

82

금

그 여자는 머리칼을 그리는 화가다. 바람에 흩날리는 머리칼, 얼굴을 덮는 머리칼, 머리칼이 지붕에서 내려와 창문을 덮는다. 머리칼이 앞길을 막는다. 머리칼이 왼발을 묶어놓는다. 너는 정처가 없어서 뿌리를 머리에 이고 다니는 사람. 그 뿌리가 모두 신경인 사람. 네 신경을 누가 흐느끼듯 켠다. 핏줄이 터진 듯 아득하면 너는 돌아앉아 검은 실로 목을 칭칭 감아본다. 젖은 머리칼로 마루에 글씨를 써본다. 이 고통은 어디가 시작이고 어디가 끝인가, 머리칼이 바람을 울린다. 네 속을 도는 금들엔 매듭이 없다. 시작도 끝도 없다. 그렇지만 너를 바닥에서 일으켜 세우는 머리카락으로 짠 그물이여. 무덤 속에서 썩어가는 제 몸을 내려다보는 가슴 아픈 머리칼이여. 심장에서부터 뻗어 나와 바람에 맞서는 갈가리 마음이여. 깊은 숲으로 들어가면 달에서 온 환한 그물이 숲 전체를 들어 올린다. 그림 속에서 여자의 얼굴을 타고 숲이 내려온다.

날씨님 보세요

당신한테서 전화가 온다.

하지만 나는 안다. 저 달이 당신 흉내를 내고 있다는 것.

하지만 나는 모른 척한다.

당신인 척하는 달과 나인 척하는 나무가 살랑살랑 대화를 나누는 달밤.

당신한테서 전화가 온다.

하지만 나는 안다. 빗줄기가 당신 흉내를 내고 있다는 것.

하지만 나는 모른 척한다.

당신인 척하는 비와 나인 척하는 우산이 주룩주룩 대화를 나누는 밤.

눈물이라는 거울을 눈동자 위에다 내뿜으며 나는 재빠르게 중얼거린다. 당신이 나를 사랑한다, 당신이 나를 사랑하지 않는다, 100번 반복한다. 우리가 살다 간 집이 한 번도 공기를 바꾸지 않고 문 닫고

있는데,

우리는 과연 거기서 살았던 걸까, 그 집 무너지면
우리는 어디에 남을까. 바람인 척하는 귀신과 구멍
인 척하는 귀신들이 흐느낀다. 며칠째 열이 내리지
않는 날씨의 이마에 찬 물수건을 올린다.

당신한테서 전화가 온다.

하지만 나는 안다. 빈집이 당신 흉내를 내고 있다
는 것.

하지만 나는 모른 척한다.

당신인 척 하는 빈집과 나인 척하는 먼지가 사그
락사그락 대화를 나누는 새벽.

망각의 광채

희끄무레 행렬이 지나갑니다
붉은등 꽃등 사자등 물고기등

한 줄기 두 줄기 세 줄기 어슴푸레 오줌줄기처럼
밤이 흘러드는 골목에
희끄무레 행렬이 지나갑니다
코끼리등 궁궐등 큰절등 작은절등

밝은등 조금더밝은등 조금더어두운등
아이 잃고 손가락마다 불을 붙인 여인이 켠 등들이
슬픔을 달래지 않은 지 오랜 얼굴, 거기서 뛰쳐나
온 등들이
아무도 지나지 않는 골목을 지나갑니다

화관처럼 엮였다가 다시 풀어지는 등들이
사슴뿔처럼 가리키다가 썩어 문드러지는 등들이
궁궐의 지붕처럼 높았다가 스러지는 등들이

86

일제히 한 발짝 내디디면 아직 이 세상 머무는 내 얼굴들이

일제히 뒤를 돌아보면 이미 이 세상 사라진 내 얼굴들이

찌그러진얼굴등 다리한쪽없는등 팔오그라든등 머리칼듬성듬성빠진등

어떤 등은 아프고 어떤 등은 파이고 어떤 등은 꺼지고

아이 잃고 텅 빈 집들이 늘어선 대문들 속에서 솟구쳐 나왔을까

네 가슴속에 스며들 수 있을 안개씨 같은 불씨를 안은 등들이

안타까운귀신등 무서운귀신등 쓸쓸한귀신등 그리운귀신등들이

웅덩이에 하루살이등 같은 등들이 지나갑니다

혼자

시골버스에 나 혼자
가로수 신작로 위에 나 혼자
산봉우리 우거진 바위 위에 나 혼자
하늘 꼭대기에 나 혼자
버스도 없는데 운전석에 나 혼자
머리도 예쁘게 깎고 손톱도 정리하고 가방도 들고
앞으로 지켜봐주세요 그런데 나 혼자
백미러에 나 혼자

시골버스 운전사는 누가 타는지 누가 내리는지 관
심도 없고
승객은 없는데 나 혼자

벌레의 심장에서 나는 소리
신작로에 엎드린 똥개 한 마리 마음이 아플 때 나
는 소리
개미만 들을 수 있는 소리
듣고 가는데 나 혼자

바람에 날리는 모래 소리
가쁜 구름의 숨소리
보도에 흘린 피가 굳는 소리

저 멀리 오래 살아 숨이 찬 기차가 지나간다
기차에 가득 찬 비비적대는 사람들의 살갗이 내는
소리
레몬 짜는 소리처럼 구름이 뭉치는 소리

뺨 맞는 소리로 빗방울 떨어진다
멀리서 듣는 야외 콘서트의 시작은 누군가 맞는
소리
산 너머 고속도로에서 나는 소리는 영혼이 몰려가
는 소리
내 몸뚱어리 위에 사는 구더기들의 구둣발 소리

나무들 이파리 떨구는 샤워 소리

나를 뒤덮은 벌레들의 입에서 나는 소리
다정한 뱀이 내 어깨를 물고 있는 적막 속에
끈질긴 피부병이 눈꺼풀을 먹는 소리

—문 좀 열어주세요, 아버지
사흘 동안이나 저는 죽어 있었어요
나의 명예를 지키기 위해서*

* 필립 아리에스, 『죽음 앞의 인간』.

90

커피

눈을 뜬 채 한 번 더 뜨고 싶어

입맞출수록 점점 더 열릴까
안에서부터 점점 벗을까

이상하여라
마실수록 젖은 몸이 마르는
마실수록 투명해지는
점점 가벼워지다가
지워지는
입맞춤

검은 물시계를 장착한 다음
초침으로 나를 열어봐요

환한 햇빛을 구해다가
눈이 멀 만큼 때린 다음
자백하라 자백하라 침 뱉고

죄수들이 우글대는 감방에 밀봉한 다음
검은 알갱이를 얻는다
그리고 그것을 부수어
일용할 입맞춤

신을 흉내 내려고
잔에 담긴 눈 코 입을 은수푼으로 저어보는

내 안으로 우산을 접고 들어오는 사람

나에겐 검은 숨결이 좀 필요해
검은 것으로 검은 것을 좀 속여야 해

샤워기에서 쏟아지는 검은 물에 머리를 감는 사람

꽃아 꽃아

꽃아 꽃아 아프니? 그렇게 묻지 마. 저절로 힘이 몰려와. 광활한 벌판에서 힘이 이리저리 몰려다니다 나한테로 오는 거, 그러나 파도처럼 영영 끝에 닿지는 않는 거, 공중이 공중을 낳겠다고 힘주는 거 같은 거, 그러다가 몇 초간 평온한 하늘, 푸른 섬에는 아기가 혼자 살고 있는데 그 아기를 데려와야지, 그런데 힘이 다시 닥쳐오고, 주먹 쥔 하늘이 붉은 황혼을 싸지르려고 하는 거. 먹지도 자지도 않고 산맥을 넘던 철새가 다시 비상할 때 목구멍으로 마저 힘주는 거 같은 거. 먹지도 자지도 않고 번개가 친 다음 번개의 목이 쉬어버리는 거 같은 거. 꽃을 밑으로 낳으려고, 힘을 주는데 꽃이 피질 않아. 다리를 벌리고 부끄러워 죽을 지경인데, 넋이 빠지고, 죽음이 닥쳐오고, 그러니 꽃아 꽃아 예쁜 꽃아 그러지 마!

미친 귀

귀가 실실 웃었다

물귀야
불귀야
바람귀야
듣다 말고 쫓겨 가는 쌍귀야

귓바퀴 달고 떠나는 버스는 종점이 없다 하고
귓바퀴 타고 날아가는 새는 굶어 죽는다 하고

가기만 하고
돌아올 줄 모르는 파도가 있다면
참으로 야릇할 텐데
출발만 하고 돌아올 줄 모르는 쌍귀야
내가 들은 소리 다 내놔라

태어나 한 번도 서로 만난 적 없는
쌍둥아

내 알몸으로 갈라놓은
쌍둥아

내가 이명에 시달리는 밤에는
둘이서 사이좋은 바퀴처럼 나를 굴리더니
그만 잡은 손 놓는구나

절벽에서 눈감고 떨어지고 떨어지더니
오늘은 무슨 일로 내 비명을 주워 담고 있구나

하늘귀야
바닷귀야
상한 귀야
쌍두마차처럼 달려가는 내 쌍귀야

일평생 먹은 것 다 내놔라

분홍 코끼리 소녀

우리 엄마가 시골 초등학교 선생님이었을 때
나는 방학하면 시골에 내려가서
아이들의 받아쓰기 나머지 공부 아르바이트를 했다
한 아이는 오직 내가 무엇을 부르든 간에 코끼리
라고만 썼다

어머니 하고 불러도 코끼리
아버지 하고 불러도 코끼리
선생님 하고 불러도 코끼리

소녀의 꽉 움켜쥔 연필 아래 손목에는 코끼리의
영혼처럼 붉은 반점 붙어 있고
책상 아래 양말은 코끼리의 코처럼 늘어져 있었
는데
내가 머리를 한번 빗겨준 다음엔 나를 보면 빗을
내밀었다

공중화장실에서 소녀가 제 몸에서 분홍 코

끼리를 꺼내고 있다
　　제 몸보다 더 큰 코끼리
　　소녀의 몸통에 긴 코를 붙이고 숨 쉬던 아
기 코끼리
　　코끼리의 숨통을 이빨로 끊고 있다

오지 않는 사람을 기다렸을 뿐인데
코끼리가 들러붙다니
얼굴 정중앙에 시체가 매달린 듯
죽음으로 숨을 들이쉬고 내쉬었으니

　나는 지금도 내 영혼을 둘로 나누어 가지겠다는
코끼리가 내 몸에 척 달라붙던 그 순간으로 발을 헛
디딜 때가 있는데
　울지도 않으면서 내 몸에서 종유석을 떼어내려 할
때가 있는데

　내가 한 소녀가 혼자 공중화장실에서 아기를 낳았

다는 신문기사를 읽다 말고 늙으신 엄마에게 그 코
끼리 아이의 안부를 물었더니

　그 아이 엄마는 죽고 그 아이 아빠는 탄광에 다녔어
　하나도 잊지 않고 대답해주었다

물의 포옹

우리가 벗은 뼈가 강변의 헐벗은
포플러나무처럼 서 있다

여기를 지나다가 언제 건넜던 강이던가 궁금하거든
자동차에서 내려 물끄러미 바라봐라
강이 아니라 몸뚱어리다
흐르는 살결이다
지지리 못생긴 뚱뚱한 허벅지다

설산이 녹인 오누이다
그 오누이가 뛰노는 투명한 화폭이다

강변의 포플러나무를 결혼식에 온 하객처럼 세워
두고

천만년 묵은 신랑 신부처럼 흘러간다고
신랑신부 입장만 천년만년째라고

부둥켜안고 누운 두 몸뚱어리가
산을 옆구리에 끼고 가고 또 간다

흘러가버렸네 하고 돌아서 가다가
그래도 다시 또 한번 돌아서 보면
가기는 가는데 떠나지는 못하는 강이다

푸른 하늘이 흐르는 살결 위에
푸른 제 몸을 덮어주려고 기울어져 있다

강물 위 망루 한켠에
여기서 세수하지 마라
눈썹 지워진다
얼굴 사라진다
물을 찍어 얼굴에 바르면 손목마저 사라진다
나는 경고판을 세운다

　　　　당신이 나인지 내가 당신인지

우리는 떠나지만 가지는 못하죠

벗어놓은 뼈에 가려운 꽃이 피고

두 손 잡을 때마다 흐르는 손금
손목으로 기어오르는 붉은 강줄기
떠나지 못하는 소용돌이에
누가 포클레인을 들이민다

웃다

신작로에 가로등이 몇 개 키득거리고 있습니다

그 아래 종일 겨우 자동차 몇 대 산란한 길이 키득
거리고 있습니다

그 길 곁에 제 집을 끌고 나온 개가 은색 줄을 흔
들며 키득거리고 있습니다

늙은 호박꽃이 항문에 커다란 혹을 매단 채 키득
거리고 있습니다

몽유병에 걸린 여자가 개를 내려다보며 키득거리
고 있습니다

먼 도시에서 그가 병상에 누워 그녀를 시청하며
키득거리고 있습니다

신작로 끝에는 마스크로 입을 막은 터널이 키득거
리고 있습니다

누군가의 일생을 모두 기록한 카메라처럼 키득거
리고 있습니다

까마귀를 업은 치매 할머니가 키득거리며 지나가고 있습니다

자정의 괘종시계가 열두 번 종을 치고 나서도 키득거리고 있습니다

아직 태어나지 않은 것이 갑자기 세상에 나왔다가 화들짝 놀라 다시 사라지고 있습니다

끼고 다니던 보따리 속의 속수무책이 길바닥에 떨어져 뒹굴고 있습니다

잘 못 들었습니다. 다시 한 번 말해주세요. 속삭이는 소리로 떨어지는 사형 선고처럼 뒹굴고 있습니다

밤 산책하다 말고 우리가 신작로에 드러누워 있는데, 갈비뼈 둥우리 속으로 암탉이 한 마리씩 덜컥덜컥 들어왔습니다

암탉이 둥우리 속에 키득거리는 알을 낳았습니다 계속 낳았습니다

딸꾹질보다 둥근 알
메아리보다 시큼한 알
달보다 노란 알
나만 한 알
장차 귀신이 될 알
기막힌 알

슬픔이 울려 퍼진다

눈 폭탄 만든다

할머니의 집엔 단지 한 통의 물

검은 레코드판이 검은 숲을 회전하고
할머니 몸속에서 이미 폭발 중인 아리아

가는 소프라노 흰 머릿결

눈 폭탄 할머니 눈 폭탄 만든다

안개처럼 자욱한 눈
주먹처럼 때리는 눈
쌀알처럼 파고드는 눈

쏟아지리라 눈 폭탄

겨울밤 외딴 집 눈 폭탄 할머니 손톱 밑의 까만 때

저울 위의 까만 쥐
레코드판 위의 작은 송곳니

할머니의 마음은 몸이 설설 끓어 수증기를 올린
것으로 만든 것
수증기가 짙푸른 고도에서 결빙하게 하는 것
해를 가리고 달을 가리고 뛰어내리는 것

아이들의 몸이 흩어져가는 것을 망연히 바라보
는 것
서로 닿으면 눈물이 쏟아져버릴까 봐 멀리멀리 손
을 흔들며 흩어져가는 것

할머니의 집엔 단지 한 통의 이가 시린 물
그 물에 번지는 반음씩 반음씩 높아지는 할머니의
미소

흰 눈으로 지은 흰 눈 궁궐에 흰 눈으로 지은 흰

눈 드레스 속에는
　단지 할머니의 텅 빈 몸뚱어리

　아. 아. 아. 아. 검은 새 한 마리 찬 하늘 울며 가
는데
　나는 신비한 어둠 속에 두 손을 넣어 흩어져가는
눈발들 만져보리

　눈 폭탄 할머니 눈 폭탄 만든다

유리 가면

꿈에서 암흑 물질을 추출하고 남은 것 같은 흐릿
한 장난감 도시에
혼자 누우면 나를 기형아로 만들어주길 좋아하는
침대가 있었습니다

그곳에서 창문이 혼자 먼 하늘을 우러렀습니다

내가 얼굴을 기댈 때나
옆으로 밀어서 바람을 들일 때
창문은 슬픔의 드넓은 의인화처럼
말끔하게 얼굴을 두 손으로 문지르고
나와 마주 서주었습니다

창문은 아무것도 아니기 때문에 모든 것이 담긴다
고 나는 적은 적이 있습니다

개에게 손발을 붕대로 감싸고 밤과 낮, 밤과 낮
흑백의 방에 오래 넣어두면 환각이 발생한다고 합

니다

  그 환각이 발생하는 방을 감각박탈탱크라 부른답
니다

  창문은 내 환각의 바깥에서 우두커니 기다려주었
습니다.

  한밤중 내가 고통의 박자들을 내뿜는 연못처럼 흐
느낄 때

  창문은 밤에 쓰는 가면처럼 밖으로 추락하는 얼굴
들을

  맨손으로 받아 공중에 걸어주었습니다

  창문이 눈동자에 고인 눈물을 모서리에 모을 때

  출입문을 잠근 빌딩이 고요한 바다의 수직적 우수
로 젖을 때

  나에겐 투명하고 높은 가면이 있습니다

장난감 도시를 내려다보던 얼굴이 눈을 감은 뒤

가면엔 잠을 설친 사람의 베개 자국처럼 쓰레기박
스 한 개가 붙어 있고

네모반듯하게 펼친 눈물에 스펀지 같은 얼굴이 세
개 네 개 매달려 있습니다

천수천안관세음보살

머리를 땋고 나방이 되기로 한다
잠옷을 입고 당신 창문에 붙어보기로 한다
꽃무늬 재 모양으로 붙어 있다가 환한 당신의 귓
속으로 저세상으로

머리를 땋고 말을 타기로 한다
땋은 머리가 치켜든 창처럼 공중으로 치솟는 질
주!
몽골의 뺨 붉은 처녀가 성황당에서 애인을 만나러
초원을 달려간다

머리를 땋은 처녀가 두 손가락을 말아 담배를 피
운다
머리를 땋고 바람줄기 두 개를 꼬아 목에 두른 아
줌마가 담배를 피운다
머리를 땋고 코털 두 개도 땋은 할머니가 담배를
피운다

머리를 땋고 메트로놈이 되기로 한다

속눈썹을 길게 붙이고 네 창문에 붙어 심장 팔딱
거리는 소리 한번 크게 떨치기로 한다

나머지 구백아흔아홉 개의 눈을 마저 뜨기로 한다

머리를 땋고 나방이 되기로 한다

내 목을 휘감던 당신의 손길을 얇은 시스루 목도
리 하나로 견뎌보기로 한다

몸이 썩은 다음엔 눈꺼풀 한 쌍은 남아 네 창문에
붙어 깜빡이기로 한다

파리로서

마음의 물이 썩고 이명의 저수지가 터졌다
이후 파리의 눈으로 세상을 보게 되었다
풍경이 백만 개로 쪼개졌다
(그리하여 나의 시는 조리개의 파열로 기록되었다)
그물을 뒤집어쓴 듯 아파트가 양배추 모양으로 동
그랗다
거기서 냄새가 지독한 목젖을 부르르 떠는 한 인
간이 창가에 어렸다
그의 배 속에 꿈틀거리는 하얗고 작은 나의 미래
가 가득했다
마당이 천 개 만 개로 갈라졌다
(세상이 그물 안에 있었다)
소나기가 올 것이다
나가지 말아야겠다
냄새나는 쪽으로 시야가 저절로 몰려갔다
죽은 사람이 나를 바라보고 있다는 기분이 들었다
두 손이 가려웠다
이 세상에서 제일 역겨운 건 꽃이다

붉은 것이 칠칠맞게 저리도 크다니

(저 향기는 모두 몽유 낙화를 위한 것이다)

꽃은 무조건 피해 다녀라

후손에게 교서를 내렸다

비굴한 짐승의 항문에선 하늘을 찌르듯 냄새가 난다

저 개도 그렇다

분침과 초침 사이

백만 개로 쪼개질 몸통

저 더러운

맛있는 개

모든 생물의 몸속엔 미래의 내가 쌀통 속의 쌀처럼 꿈틀거린다

구름과 산이 교미 중인가

앞산 위로 구더기 떼 넘실거리고

지평선 가득 붉은 기름기 넘쳐온다

후덥지근하다

그물코 하나에 나 하나

억만 개의 내가 무르익고 있다

쌍둥이문어

모르는 여자의 자궁처럼 깊은 은신처에 당신의 왼
팔과 나의 오른팔
두 손목이 붙은 채 살아가고 있다면

조금씩 쌍둥이가 자라고 있다면

이불 속에 촛불을 켜고 붉은 도장 찍힌 불온서적
을 파도처럼 넘기다가도
끈적한 잠 속으로 가라앉는 청춘이어서

팔과 다리 머리칼 구별 없이 너울거리는 우리의
몸짓은 몇억만 개라도 좋아
당신은 얼마나 자주 내 뺨에 흐느적거리는 손목을
올려놓고
나는 또 얼마나 당신 목덜미에 끈끈이 빨판을 감
았던가

해저의 침대 위에는 젤리 파도 젤리 파도 수천 겹

무겁고

    검은 바위의 귓바퀴를 때리는 느리디 느린 짐승의
그 무겁고 검은 살의 유동

    그러나 이맘때 들려오는 머리를 찢는 호루라기 소리

    겨울엔 더 깊은 바다로 가서 살자!

    경찰의 제복처럼 푸른 물은 창문으로 넘쳐 들어
오고
    너를 숨겨준 나와 너에게 숨은 나
    그리고 책장을 넘어뜨리는 파도

    검은 잉크를 몸속에 감추자!
    마지막 시를 갈기고 죽자!

    우리 몸이 소용돌이치는 푸른 방패들에 휩싸이는데
    손목이 여전히 묶여 있다면

노을을 끌고 달리는 흑마의 꼬리처럼
높다랗게 당겨진 채 물속을 질주하는 내 검은 머리채여

아직도 수갑을 채운 두 손목이 차디찬 물의 시련을 견디고 있다면
몇십 년째 물결 두른 허리가 은밀한 익사체처럼 떠돌고 있다면

너무 오래 묶어두었나 봐
우리 심장이 들러붙고 있다면

입술이 밖으로 나오는 순간 철컥 수갑이 채워지는 가녀린 손목들이
물속에 부는 바람을 움켜잡고 있다면

검은 피 검은 피

잉크 같은 검은 피
출렁출렁
내뿜고 있다면

3부 춤이란 춤

사탄의 백합

달걀흰자를 무슨 맛으로 먹겠느냐
—「욥기」 6장 6절

나무 밑둥이 잘린 줄도 모르고 얼마간 살아 있는
땅속의 뿌리
  위로 위로 물을 뿜어 올렸지만 그 물이 되돌아와
나를 썩히네

  시신경이 죽은 것도 모르고 눈 뜨고 보았네
  첫봄 오고 꽃 날리고 내 시가 팔리는 광경을
  눈먼 내가 기억해둘 것은 하나도 없었네

  간호하던 사람이 죽고 지하 셋방에 누워 물 한 모
금 물 한 모금 소리를 삼키는
  전신마비 환자의 심장이 알뿌리처럼 환한 불 켜고

  너는 흰 눈 드레스를 입고 무대에 오르네
  네가 추는 춤 속에서 나는 울부짖네

몸속에서 몸 밖으로

오른손으로 왼손을 왼손으로 오른손을 오른손으로 왼손을

꺼냈네

손톱에서 달걀흰자 냄새가 났네

춤이란 춤

당신의 인생을 5분 안에 몸으로 표현해보세요
선생님은 말했습니다
춤이란 그런 것
내 인생의 테이프를 전속력으로 돌리자
정신박약아의 파안 미소와 눈물 어린 정적이 남았
습니다

눈 깜빡하는 순간에 나를 깜빡 잊어버리고
눈 깜빡하는 순간에 당신을 깜빡 잊어버리고

얼음거실이 천천히 녹고 있어요
다 녹기 전에 당신의 인생을
5분으로 줄여보세요
그 춤을 다 추면 집은 녹고요
그리고 당신은 죽어요

문은 열려 있는데 밖은 환한데
바람 가고 가을 가고 눈보라!

나무들이 머리에 인 보따리 떨구고 이사를 가는데

이 세상에 '잊었다'는 말이 있다는 걸 생각해봅니다
그런데 잊고 나서 어떻게 잊었다고 말할 수 있나
요?

내가 이 세상을 허리에 묶어서 끌고 가는 춤을 추
는 중이에요

당신의 인생을 비커에 넣고 흔들어보세요
숟가락을 삼켰다 뱉었다
배를 항구에 붙였다 뗐다
손가락을 얽었다 풀었다
이건 스토리가 아니에요
이건 마비예요
이건 응결 중인 꿈이에요
비커엔 빨간 물이 찰랑거리네요
흘러내리는 화산도 솟아오르는 피도 붉은색

살아 있다면 저런 색이죠

빨강을 처음 본 사람의 표정을 지어보세요

무엇을 찾는지도 모르면서
그것을 찾아 헤매는 여자에게
눕자고 눕자고 눕자고
달라고 달라고 달라고
무엇이 갖고 싶은 줄도 모르면서
있잖아요! 있잖아요! 있잖아요!
손을 힘껏 뻗치는 여자에게

핵발전소 터지고 30년 후 태어난 아이들의 수용소
에 온 것 같아요
눈뜨고는 못 볼 자위에 빠진 헛손짓 헛발짓의 무대
혀가 껌처럼 이빨에 눌어붙은 것처럼
땅에 찰싹 눌어붙어서는

당신의 인생을 몇 개의 동작으로 분류해보세요
선생님은 말했습니다
허공을 움켜잡고 매달려 있는 박쥐처럼
명령을 내리시는 선생님

턱이 가슴에 붙들린 사람처럼
박쥐의 작은 몸에 들어간 그녀가
갈 곳 잃은 마지막 눈빛으로 그녀가
개처럼 묶여서 대문처럼 삐걱거리는 그녀가

싱싱한 장미가 주먹 속에서 숨을 거두는 것처럼
태양이 그만 놓아버린 행성의 꼬리처럼

춤!

몸에 들어 있는 새를 꺼내보세요
새에게 원금을 갚으세요 자꾸 갚으세요
몸속의 물고기를 꺼내보세요

물고기에게 원금을 갚으세요 자꾸 갚으세요

우리의 멀고 먼 조상들께 빚을 갚아보세요 자꾸
갚아보세요

땅에 떨어진 새처럼

결국 땅속에 묻히는 새처럼

그 발걸음으로 쏟아지는 눈발들의 레이스를 짜보
세요

두 팔로 공중에 흰 박쥐의 집을 지어보세요

저런 저런 당신의 지붕이 쏟아지네요

인생을 5분 안에 몸으로 표현해보세요

선생님은 말했습니다

바다를 끄는 초승달처럼

당신의 심장이 끌어당기는 해변처럼

네 개의 달이 내 팔다리를 끌어가는데

정신병자들이 헤매는 정신의 그곳을 뒤쫓아 들어

가는 것처럼
　일어났다 누웠다 일어났다 누웠다
　딱딱한 꿈들이 끄는 인력에 버둥거리면서

　이 춤을 다 추면 얼음이 녹고요 그리고 당신은 죽
어요
　선생님은 말했습니다

was it a cat I saw?

아래아는 돌아온다. 문을 닫아도 아래아. 문을 열어도 아래아. 아래아는 꼭 온다. 아래아는 나의 룸메이트. 아래아는 나의 피크닉메이트. 기다리지 않아도 꼭 돌아오는 아래아. 사랑해 아래아 하면 벌써 가버리고 없는 아래아. 그래서 진짜로는 도착해본 적도 없는 아래아. 일주일에 한 번 생일이 돌아오는 아래아라고 해야 할까? 선생님 어디 가셨어요? 나 혼자 나머지 공부하는 교실에 선생님은 일요일엔 안 오신단다. 아래아가 내게 말해주는 아래아. 한량없이 한량없이 나는 아래아에게 찬송가를 바친다. 마지막이라는 말 아세요? 설마 모르세요? 나는 당신의 장례를 치렀습니다. 몇 번이나 말해주었지만 다시 나귀 타고 호산나! 죽어주는 아래아. 도대체 이 어설픈 기하학, 7각형 속에는 무엇이 살고 있나? 일주일의 마지막이며 시작인 아래아는 날마다 돌아온다.

엄청나게 밝고
엄청나게 거대하고

엄청나게 가까운

눈을 감으세요, 일요일 아침에 눈을 감지 않으면
눈이 멀어요. 감은 눈 속에 해가 일곱 개 뜬다. 너무
해맑은 아래아가 일곱 명이나 세를 들어 작곡발표회
를 해대는 7각형의 집. 조증의 전조가 창궐한다. 날
이 밝았는데, 한번 더 밝아지겠습니다, 밝음 속의 밝
음으로 일곱 번 들어가겠습니다. 자 이제 그만 목숨
을 놓으세요. 눈꺼풀 아래 흰 터널로 가십시다. 아래
아 아나운서의 일기예보는 눈이 부시다. 거울 속에
서 아래아 일곱 쌍둥이가 태어나겠습니다. 거울 이
편과 저편에 셀 수도 없을 만큼 많은 아래아 요람들
이 줄지어 서 있겠습니다, 유방을 꺼내 든 밝디밝은
엄마들이 젖을 먹이러 아래아! 아래아! 부르며 모조
리 달려가겠습니다.

아래아는 돌아온다. 아직 태어나지 않은 마라토너
가 일주일에 일곱 번 내 앞에 멈추고, 아래아는 다시

돌아온다. 태어난 줄 알았는데, 다시 찝찔하고 뿌연 소금물 속 같은 아래아. 왔어요 왔어요 아래아가 왔습니다. 할부장수가 불 켜진 심장을 들고 온다. 나는 심장을 어두운 몸속에 건다. 그 불빛 아래서 언제나 나머지 공부하는 아래아. 졸졸졸 아둔한 뇌가 암기를 계속하는 아래아. 졸졸졸 뇌 속으로 암기가 스며드는 아래아, 다 흘러간 줄 알았는데, 아직 흘러가는 아래아. 돈. 다. 돈. 다. 돈. 다. 아래아. 갇힌 자는 돌고, 나간 자, 다시 도는 아래아.

댄싱 클래스

1번은 식초
2번은 꽁초
3번은 산초

잠시 망루 위로 날아올랐다가 내려앉는 순서

4번이 수업시간에 휴대폰을 들여다보고 있다 문자를 찍고 있다

5번이 화성으로 떠나는 우주선 예약을 하고 싶습니다 징징거린다

6번이 운다 때리지도 맞지도 않았는데 막간에 운다

7번이 유산을 해야겠다고 새벽에 전화를 걸었다

8번이 여자와 헤어졌다며 미쳐갔다 밥에다 시를 썼다

9번이 남친 생일이라고 돈을 꿔 달라며 징징거렸다

10번 자기 배 속에 아버지가 앉아 있다고 총을 사

왔다

11번 가슴을 에는 손길이라는 게 정말 있어요, 선생님! 선생은 먼저 죽을 사람이라는 뜻이다

12번 뱀의 배 속에 12번 쥐가 앉아 있다 내가 봤다

13번 지가 누군지 알고 싶다고 운다 이런 건 너무 상투적이라 옮기기도 싫다 그러나 매번 나타난다

식초 꽁초 산초 말린 고추 빻은 후추 다진 마늘 다진 파 다진 생강

공포는 식초 냄새 두통은 꽁초 냄새

불쌍해라 끈질긴 폭행에 시달린 불안은 산초 냄새

생리통은 다진 파뿌리 냄새 그리고 기타 등등 기타 등등 춤추는 냄새

전원 출석했는데 아직 선생은 입을 열지 않고 있다 선생은 선생이 싫다

이제 날개를 펴고 발끝으로 서야 할 시간이 온다는 것을 우리는 알고 있다

얼굴을 다친 백조 무용수들처럼 의자에 묶여 있다
얼굴을 다치면 장애 등급을 받을 수 있나요?
스텝을 다 밟고 여기서 나가면 날아오르게 되나
요?

불탄 옥상에선 불의 날개!
강철 망루에선 강철 날개!
우리는 각자 떨어지는 길밖엔 없단다

내가 칠판으로 만든 옷을 입고 캑캑거리고 있다
지금은 언제나 지금이 아닌 우리는 무서운 이야기
속에 있단다
이 방의 우리는 모두 다 죽음에 너무 어울리는 얼
굴을 갖고 있단다

14번의 손에는 죽을 때 쥐었던 핏자국이 묻어 있다
15번의 얼굴은 냉동실 서랍이 열릴 때 보았던 그
표정이 얹혀 있다

16번은 마지막으로 한번 더 피어오르다 꺼져가던 그 표정을 하고 있다

17번은 계속 결석하고 있다 바지 속에 몽둥이를 감춘 아버지가 교문 앞에 서 있다

18번이 알이 깨질 때 묻은 껍질을 아직도 이마에 붙이고 있다

19번이 전생의 짐승을 다 떼어내지 못한 얼굴을 하고 있다

20번이 대망막을 뒤집어 쓴 채 태반이 흘리는 피를 핥고 있다 아직 태어나기 전이다

정원은 15명인데 다시 인원을 점검해봐야겠다

쿤달리니가 뮬라타라를 떠날 때, 그녀는 귀뚜라미 울음소리를 듣게 되며, 그녀가 스바디스타나를 지날 때는 발목 장식이 딸랑거리는 소리를, 마니푸라에 있을 때는 종소리를, 아나하타에 있을 때는 플루트 음악을, 그리고 마침내 쿤달리니가 비슈다를 통과할 때는 옴의 의식으로서의 여성의 신 시바 샥티가 최초로 현현된 우주의 옴을 듣게 된다*

나는 팔이 셋 코가 둘
어쩔 텐가
죽일 텐가
맘대로 하세요

물고기 자세로 기도했네 도와주세요
코브라 자세로 기도했네 도와주세요

삼각 자세로 기도했네 도와주세요
송장 자세로 기도했네 도와주세요

입술 속에 입술 속에 입술 속에
몸 깊은 곳에 사는 입술들까지
다 기도했네 제발 도와주세요
피맺힌 석류 같은 심장 위에
두 손을 모두어 칼처럼 꽂고 기도했네

매일매일 새로운 자세의 나날들
기도했네 기도했네 기도했네

목발을 짚고 깁스를 하고 기도했네
얼굴에 붕대를 감고 기도했네

나는 팔이 셋 코가 둘
세번째 팔이 기도했네 두번째 코가 기도했네
가만히 있으려 해도 저절로 가쁜 숨 고꾸라진 자
세로 기도했네

내 괘종시계에 들어와 두 귀가 묶인 토끼를 견디

게 해주소서

　몸속의 주머니를 물어뜯는 고양이를 견디게 해주
소서

　사타구니 사이에서 자라는 초침의 이빨들을 견디
게 해주소서

　일 초에 한 번 무지개 색깔로 떨었네

　코가 두 개 팔이 셋이 되도록

　* 탄트리즘.

138

레이스와 십자수에 대한 강박 2

그녀의 말랑말랑한 혀 아래
혹은 통통한 다리 사이
살고 있는 것

수업 중에 식당을 향해 발사되는 허기 같은

혀 위에 내려앉는 흰 눈송이의 발가락
어깨를 떠미는 안개의 손톱
바늘을 떠미는 실낱같은 것

세상에서 제일 가벼운 너의 미소는
세상에서 제일 무서운 미끼일까
잠깐 생각해보는 아침

미소에게 미소가
미끼에게 미끼가
머나먼 예언을 쓰는 아침

푸른 하늘과 검은 땅 사이
무엇 무엇이 살고 있나
실낱보다 따가운
혀 위에 내려앉는 얼음거미 가느다란 발 여섯 개
하나님의 허기는 발이 여섯 개

눈벌판에 몰려온 철새들이 고파고파 우는 아침
뜨거운 솥이 열린 듯 온천이 설설 끓어오르는 아침

먼 훗날 어느 아침의 고드름
눈옷 입은 나무 같은 기지개
안녕하세요? 안녕히 가세요!
오랜 세월 만났다가 헤어지는

미소에게 미소가
미끼에게 미끼가
흐릿한 편지가 배달되는 아침

나와 후생의 아기와의 소리 없는 흰 흰 흰 편지 교환

얼음거미엄마와 얼음거미아가처럼
째깍째깍 시계 가는 소리처럼
육각형으로 서로 얽혀 쏟아지는 아침

멘델의 유전 법칙은 패러디 법칙

흰 눈송이들 학교로 모여드는 학생들처럼 물밀듯
쏟아져 오는 아침
흰레이스 흰십자수 흰목걸이 흰반지 흰머리띠들
왁자지껄 걸어가는 아침

얼음거미들은 여섯 개의 다리를 벌리고
지퍼들 호크들 넥타이들 고무줄들 암고리와 숫고
리들 왁자지껄 쏟아지는 아침

누대에 걸친 유한 감옥 무한 패러디 법칙

눈이 멀 것처럼 정교한 패러디 법칙

미소와 미끼가
투명하게 얽혀서

그녀의 몸속 붉은 나무 모세혈관 끝에서
윗입술 아랫입술 크고 깊은 주둥이가 하나하나 벌
어지는

아주 큰 사람의 허기처럼 아우성 동트는 아침

여기서 어디로 달아날 수 있단 말입니까
탁자를 탁 칠 수 있는 사람이 되고 싶은 아침

미소가 미소에게
미끼가 미끼에게
흰 흰 흰 답장을 쓰는 아침

파랑 쥐의 산보

*

나는 왜 그 시각 그 거리에 서 있었나
백 리 밖에서 기차가 출발하는 것이 보였다
푸른빛 우주 가득 광막한 여명이
기차를 떠미는 것이 보였다
그때 나는 시력이 너무 좋았다

*

잠수함의 프로펠러가 파랑 탄광에서
파랑을 제련하고 있다
희미한 바닷물 속에 떠도는 점액질의 울트라마린
블루 덩어리
아무 거나 먹고 그런 색을 토하는
자칭 심해 생물을 나는 알고 있다

*

7년 언도를 받고 왼쪽 문으로 사라지는
그녀의 이름을 불렀다
너 죽을래? 나쁜 년! 쬐끄만 것이!
돌아보던 그녀의 눈에서 짙은 파랑
한 덩이 터져 나왔다
일 초 동안 둘이서 공중의 수영장에서
어푸 어푸 물장구쳤다!

  파란 하늘이 끝없이 우리를 향해 고함치던 나날이
었다

*

엄마의 정신의 분열을 붙여주는 약은
파랑으로 끓인 죽(粥) 색이다
기어다니는 아기가 그 약을 주워 먹고

파란 크리스탈 빛 똥을 싼다
아기의 눈알에서도 파란 크리스탈 빛이 솟구친다
조금 있다가 아기의 몸도 물론 그렇게 솟구친다

                          *

엄마는 죽어서 왜 나한테 아무 말도 안 해요
왜 대답을 안 해요
울부짖는 아이의 심장의 색!

                          *

타로카드의 단두대에서 피어오른 공기를
한 겹 한 겹 벗겨내었다
그것을 안경알 위에 붙였다
갑자기 심해 환경으로 바뀐 세상 속에서
심해 고래의 권태가 전해져왔다
푸른빛 물을 박차고 수백 미터 올라가서

숨 한번 내쉬고 내려오는 나날의 일정들
　물 밖으로 올라온 고래는 매번 단두대에 목이 걸
렸다

*

바다는 표면만으로 되어 있다 하늘도 마찬가지
바다의 표면을 한 겹 두 겹
천년만년 벗겨내는 여자를 나는 알고 있다
그 여자는 말했다
아무것도 없으니까 파랗지 죽은 사람의 피처럼

*

삼척 공설운동장에 셔터가 내려지는 시간은
공기의 색깔로 정한다
셔터를 내리는 퇴직 광부가 목에 머플러를 두르고
파란 각혈을 시작하는 시간도

공기의 색깔로 정한다
물론 파란색 똥을 싸는
설사하는 비둘기가 돌아오는 시간도

*

광산이 문을 닫고 맨발로 뜨거운 돌을 나르던
소년들은 도시로 떠났다
그들의 주머니를 타오르는 눈빛으로 쫓던
식구들도 떠났다
그 외로운 탄광에 남은 파란 웅덩이
발을 집어넣으면 누구나
발가락부터 구리로 변한다

*

만지면 안 될까
한 달에 한 번씩 이 시간

달빛이 수억 년간 지나간 저곳
살짝 아주 살짝
만지면 안 될까
지상을 박차고 떠오르는
저 들판만큼 거대한 파란 나비의
파닥거리는 날개의 질감
그 위에 또르르 구르는 이슬 한 방울
만지면 안 될까

*

강알칼리성의 울트라마린 빛 시간에서
분출하는 감정들
몸에서 블루가 폭발한다
부엌에 물이 차오른다
파란 칼이 부엌 바닥에 떨어진다
깊이가 없으면 색깔도 없다

식탁 의자에 앉아 눈길 하나로 칼을 물결 위에 띄

운다

*

왜 미쳤니 왜 미쳤니 아빠가 딸을 때린다
두 사람의 귀를 파랑
네 덩이가 감싸고 있다

파랑 공룡 한 마리가 번개처럼 담을 넘어갔다

*

우리나라 사람 다 잠들었는데
수면제 알약처럼 별들이 한 움큼 떴는데
밤은 성문처럼 열려 있고
당신들은 짙은 파랑 속에 있구나
그 속에 깊이 잠겨 누가 누군지 구별 없구나

나는 주머니칼처럼 얼었구나

벙어리 둥우리 얼굴이

바람이 흐릿하게 부는 날

나는 바람의 표면에 입 대고

(내 입속에 작은 새가 살아요
그래서 나는 끓는 물속의 조개처럼 입을 다물 수 없
어요)

보들레르는 보들보들한 레르이고
랭보는 냉정한 발걸음[步]으로 아프리카
말라르메는 말라, 말라 하는 매인데
네르발은 내놔라 발 하는구나

이런 구절이 읊어지느라 밤새도록 잠이 끙끙거렸다

그리하여 나는 다시 나의 잠의 표면에 입 대고

(누가 내 얼굴의 절벽 양쪽에서 새집 두 개를 떼어갔

습니다

그리하여 나는 저 별보다 어지러워요)

(당신이 외칠 때 내가 아니라고 속으로 외치는 말이
있었어요)

그리하여 나는 다시 멀어진 메아리에 입 대고

목젖을 다해 말하고 싶다

글자가 종이의 손을 뿌리친다고
보들한 레르가 보들레르의 손을 뿌리친다고

K는 다 불었어 이제 니 차례야
Y는 입이 풀렸어 이제 니 차례야
그 옛날 형사나부랭이가 내 뺨을 일곱 대 갈겼다
나는 한 대에 한 편씩 시 썼다

태반 위의 태아처럼
새알 속의 노른자처럼
까치집의 털 없는 빨간 새끼 새처럼 떨고 있을 때
아저씨의 큰 손바닥이 내 지붕을 열고 말해! 말해! 말해!

그리고 곧 닥쳐오는 초록뱀의 벌린 아가리!
벙어리 둥우리 같은 시간 속으로 떨어져가는 몰골이!

주먹 속의 집처럼 동그란 집에서 뱀이 까치 새끼를 아껴가며 파먹고

나의 목젖은 사력을 다해 아직도 매달려 있다

내 목에 붙은 것과 내 가랑이 사이에 붙은 것
울어젖히는 것
떠는 것

그리하여 나는 다시 나의 이빨들이 기둥처럼 늘어
서고
  그 속에서 우는 작은 새의 피 묻은 새끼발가락에
대고 말하고 싶다

  아이들이 떨어진 새집을 공처럼 차고 노는 이 저녁

  내 입술 밖에서 새 한 마리
  내 새끼 내놓으라고 소리쳐 우는 저녁

  나는 내 목젖을 다해 말하고 싶다
  네르발이 내놔라 발 한다고

다음은 입자무한가속기로 만든 것입니다

태아의 성별
시신들의 풍속

결국 이별 기계인 이 별의 작동 원리
자전과 공전으로 깨진 것
깨지면 구르는 것

잠든 나를 깨우려고 어깨를 흔들었지만
나는 멀리 흩어져버렸습니다
먼지만 남았습니다

무서움이 천천히 내 치마를 팔랑개비처럼 돌려주었습니다

운동장에 도착하자 천막을 팽개치는 먼지 폭풍이 불고
그 아래서 청군 백군 모래김밥 씹고 있었습니다
내가 흰색 바통을 넘겨받고 뛰쳐나갈 때

목소리들 바람소리들 속에 죽은 외할머니
응원 목소리 들렸습니다

죽은 사람의 옷을 물려받았습니다
몸속에서 불이 물을 이겼습니다
죽은 사람이 뺨을 척척 갈기는 늪에서
빠져나오려고 허우적거렸습니다
그러다가 깰 때
정신이 좀 들어요?
모르는 사람이 팔을 흔들어주었습니다

이길 수 없는 바닥과 씨름하였습니다
눈물 마르는 냄새가 났습니다

박물관에서 조상 여자의 삼베 속치마가 활짝
펼쳐졌다가 흩어져버렸습니다

결국 지금 이 순간은 저 먼지구덩이에서 훔쳐온

것입니다

　지진이 터지기 전 장면과

　지진 터진 후의 장면 사이에서 말입니다

　먼지 속에서 내가 투명한 꽃처럼 피어오르는 대낮
입니다

　바랜 피가 뿌옇게 날아가는 정오입니다

　하찮은 메시지가 땅바닥에 씌어 있지만

　나는 읽고 싶지 않습니다, 주여

　낮달이 광기로 봉인된 마개를 열고 입김을 내뿜고
있습니다

　그 입김 아래서 정신이상이란 폭탄을

　가슴속에 키우는 제자의 눈빛과 마주치면

　가슴속에 먼지가 자욱이 차올랐습니다

　입자무한가속기가 천천히 내 치마를 팔랑개비처
럼 돌려주었습니다

아시는지 모르시는지 모르지만 나이가 많은 성당
의 첨탑
그 아래 떠도는 먼지는 오백 년 전의 것이라 합니다

원심력 구심력 자제하다 폭발하는 이 행성처럼
나도 모르게 맺혀 있는 것!

낮잠의 성분!

낮잠 속으로 죽은 외할머니가 오시면
내 목울대가 떨려요

죽은 사람들의 무슨 주의
흰 장미 시드는 밤의 냄새와 입술에 붙은 침 냄새
그리고 운동장
회상의 교실에서

더 써도 될까요?

사라진 첼로와 검은 잉크의 고요

아름다움이란 어려운 것, 버크셔 피그
아픔은 상상의 필수 조건, 요크셔 피그
아름다움을 견디느라 나는 늙고 병들었네, 햄프셔 피그

첼로를 때리면 내가 아파요
──첼로와 하나 된 마음
첼로에 손자국 좀 내지 마세요
──내가 모르는 것까지 나를 챙겨주는 첼로의 마음

첼로는 한 발로 서서 내 피로 제 몸을 씻었습니다
제 몸을 질긴 내 힘줄로 칭칭 감고는
독거미처럼 몸이 아리게 염원하고 염원했습니다
첼로가 나를 업고 있을 때 나는 마치 줄에 매달린
고깃덩이 같았습니다
첼로는 시체 자세, 나는 삼가 명복을 비는 자세로
우리는 아픔을 참았습니다

둥그렇게 모여 앉아 재채기 좀 하지 마세요

내 뼈에 침 뒤잖아요!
─나보다 먼저 울어주는 첼로의 숨소리

　나의 두 다리는 첼로의 침대
　나의 두 손은 첼로의 마음

　그들이 첼로를 모욕하자 가족에게 첼로를 부탁했
습니다

　멀리서 첼로가 이빨을 갑니다
　내 이빨이 빠집니다
　멀리서 첼로의 줄이 끊어집니다
　연이어 내 핏줄이 끊어집니다
　멀리서 첼로가 웅크린 자세로 장전합니다
　내가 방아쇠를 당기자 두 줄기 철로가 발사됩니다
　멀리에서 첼로가 무너집니다
　연이어 내 몸이 우르르 쏟아져 내립니다

내가 죽을 때 남길 게 남을지는 모르겠습니다만
새장에 유산을 남기는 새처럼
제 해골에 유산을 남기는 사람처럼
나는 첼로에게 유산을 남기고 싶었습니다만

이제 음과 음 사이 그 진공에
유산을 숨길 수밖에 없겠습니다만

제발 침 좀 튀기지 마세요

> 첼로 없이 산다는 건 죽음 없이 시를 쓰는 시인과 같은 것,
> 라지 화이트 피그

나의 어제는 윤회하러 가버리고

나의 청춘은 윤회하러 가버리고
나만 남았다
나랑 놀던 아저씨도 윤회하러 가버리고
나만 남았다
지난겨울 폭설이 뒤덮은 지붕들은 윤회하러 가버리고
옷 벗은 지붕들만 남았다

흰 면사포, 흰 구두, 흰 축복, 흰 드레스, 흰 귀걸이, 윤회하러 가버리고
설거지할 것, 쓸어버릴 것, 닦아줄 것, 문댈 것, 지져줄 것, 싸매줄 것, 쓸어버릴 것, 꿰매줄 것, 후후불어줄 것, 안아줄 것, 핥아줄 것이 남았다.

활짝 핀 꽃마다 윤회하러 가버리고
바늘로 뚫어놓은 목구멍만 남았다

계단이 20 19 18 17 목이 꺾일 때마다

눈물은 17 18 19 20 눈금 위로 차올랐다

온종일 나는 윤회하러 가버리고
녹슨 과자 상자에서 툭 떨어진
옷 벗은 종이인형처럼
소파에 비스듬히 또 나만 남았다
에잇, 이것들이 정말 어디 갔어?
이것들이 윤회하러 가버리고
가서는 윤회의 골방마다 지들끼리 살림 차리고
희미한 기억 속에서 흐느끼는 저 아줌마
엄마를 마중하는 나만 남았다
나부끼는 저 아줌마
소복소복 걸음 걷는 저 아줌마
나보다 젊은 저 아줌마와 아줌마의 남편
둘이서 늙은 나와 손잡고 밤 벚꽃놀이 가는 길
저 푸른 해원을 향하여 흔드는 노스탤지어의 손수
건은
또다시 윤회하러 가버리고

나를 한참 들여다보던
엄마 얼굴이 날개 한 장처럼 벗겨지고
우리 엄마 목구멍에서 내 목소리

플랑크톤처럼 풀어진 내 인생을 잡수시던
물고기들이 윤회하러 가버리고

그 물고기들 잡아 폭식하시던 팔뚝 굵은
저녁의 내가 윤회하러 가버리고

활짝 핀 식기들이 윤회하러 가버리고
창밖에 불타는 눈보라만 남았다

결혼기념일

네가 면사포를 쓰고 식장 안으로 들어가는 동안
폭설이 내리기 시작했다
폭설 알갱이 한 알 한 알 속에는
네가 끓는 죽처럼 앓고, 겨울나무처럼 늙어가고,
땅처럼 죽고
불 속에 들어가 허공처럼 변해가는 모습이 들어
있었다

네가 웨딩마치에 맞춰 입장하는 동안
첼로는 네 머리칼을 희게 만드는 걸 좋아해
피아노는 네 발자국을 투명하게 지우는 걸 좋아해
이미 죽어서 승천을 거듭한 폭설이 쏟아지고

네가 빨간 카펫이 깔린 계단을 몇 개 올라가는 동안
급한 서신처럼 흰 글씨가 창문을 두드리는 동안
은하의 돌들은 서로를 쳐다보며 으르렁거리다 점
점 멀어지고
어디에선가 누군가 수만 년 지난 네 결혼식 장면

을 지켜보고

　네가 면사포를 걷어 얼굴에서 미소를 밖으로 꺼내
는 동안
　공중에서 내려오다가 무언가 두려운 것을 본 것
처럼
　온 세상 가득 흰 편지지가 날리는 동안
　이제 임종에 들 시간이 가까워온 네 후생의 후생이
　백발을 휘날리며 흰 비늘을 떨구며
　지팡이를 짚은 하객으로 네 결혼식장에 들어서고

　네가 티아라를 숙이며 가느다란 반지를 꺼내는
동안
　화면으로 생중계되는 네 결혼식을 지켜보던 언젠
가의 누군가
　사라진 지구별의 흐린 빛이 그곳에 닿고 있음을
생각해보는 동안

너 혼자 영원히 사랑하겠느냐고 묻고 너 혼자 예
라고 대답하는 동안

폭설은 배신자처럼 쏟아지고 열여섯 외할머니가
가마를 타고 가서

낯설고 무서운 신랑의 얼굴을 쳐다보자마자 기절
하는 동안

가슴이 주렁주렁 매달린 드레스를 입고 너 혼자
거행하는 결혼식이 거의 끝나가고

Y

수사학이 헌법인 나라에 살아본 적이 있습니까?

은유 경찰이 그림자 수갑을 철컥 채우는 나라

한밤중에 운전대를 잡게 한 것은
사랑이 아니라 사랑에 대한 상상력입니다

당신은 무엇 무엇의 의인화입니까?

북극곰 의인화, 경찰관
술 취한 토끼 의인화, 피의자
입니까?

수사학이 헌법인 나라에서 긴급 전화를 걸면
꿈속의 전화처럼 손은 떨리고 숫자는 잊어버리고
수화기에서 나팔꽃 패랭이꽃 장미꽃 쏟아집니다

이때 당신은 무슨 무슨 행성의 반사처럼 느껴집니

까?

　창문을 열면 화면 조정 전의 모니터처럼
　심하게 안개비 내려와 눈앞이 캄캄합니다
　이 나라에선 그걸 투명한 계시라고 부릅니다

　떠나버린 사람은 지금 무엇 무엇으로 남아 있습니
까?

　공전하고 자전하며 매순간
　우주의 허방으로 낙하해가는 지구의 그림자엔
　누가 그 누가 아직도 살고 있습니까?

　떨어져가던 그림자가 창문에 잠깐 달라붙습니다
　그 그림자가 흐느낍니다

　나는 아직 반어로 말하면 처단받는 나라에 살고
있습니다만

나는 매일 의인화된 나에 시달리고 있습니다만

나의 뇌 속으로 나방 한 마리 날아듭니다
원시인이 그린 동굴 벽화처럼 뇌벽에 달라붙습니다
그렇다면 이것은 떠나간 이에 사로잡힌 뇌의 은유
입니까?

나의 뇌파 소용돌이를 건너가보시겠습니까?
불분명하게 흐려지는 풍경 너머 한 발자국 두 발
자국
기억이 수사학에 체포되는 매트릭스를 건너가보
시겠습니까?

정면충돌 사고로 부서져내리는 자동차 앞 유리처럼
무너지는 풍경을 아직도 간신히 두 손으로 받치고
서 있습니다
내가 두 손을 든 모습은 멀리서 보면 희미한 천사

같습니까?

　이제 막 죽은 사람의 뇌파가 끊어지는 그 시각
　마지막으로 그가 건너게 된다는 환하게 밝은 눈꺼
풀 터널 속
　그곳을 의인화하면 흰 옷 입은 천사가 현현합니다

　의인화는 등장인물의 사후 도로교통법입니까?

　그 천사를 우리 사이에서 통하던 언어로 영영 증
발시켜버리고 난 다음
　포동포동한 재앙 에너지의 현현을 보았느냐고 물
어봐도 되겠습니까?

　나무가 하늘로 뻗어가는 자세와 천사가 땅으로 내
려오는 자세

　Y

170

수사학이 헌법인 나라에 가본 적이 있습니까?

유령으로 태어나 유령으로 죽는 사람들

꺼지지 않는 햇빛을 한 번도 받아본 적이 없는 사람들

두 손을 치켜든 사람들이 Y字 모양 가로등처럼 늘어서서

안개비 소음처럼 내리는 이생의 마지막 환한 터널을 향해 멀어져가는 곳

두 마귀

양손으로 얼굴의 양쪽 절벽에
매달린 자매의 봉분을 덮어준다

국어사전의 첫 자부터 마지막 자까지 지우기로
한다
지우개 가루를 뭉쳐서 귀마개를 만든다

귀걸이 달랑달랑 귀신들이 열려서 시끄러웠습니다
귀신의 얼굴에 눈썹 화장을 해주고 싶었습니다

밝은소리 한의원에서 자매들의 정수리에 약침 하
나씩
거울도 보지 않고 귀를 덮는 단발머리 가발을 샀
어요

거울의 수심이 8천 킬로미터 이상이었다
두꺼운 얼음 아래 심연으로 내려가는 계단이 출렁
거렸다

이 여름 땡볕에도 하루 종일 발발발 떨고 있는
절벽에 매달린 동굴 두 개처럼 자매는 말이 통하
지 않아요

이빨이 자라지 않는 저 길쭉한 입술은 늘 열려만
있어요 그래서 얼굴에서 제일 죄가 없나요?
그곳으로 장의차들이 줄지어 들어가지만 아무도
나오지는 않아요

롤러코스터를 타고 둘이서 깊은 터널로 내려갈 때
처럼
언니귀와 동생귀, 들어오면 누구나 죽는 줄도 모
르고 죽어요

오리엔탈 특급 정갈한 식당 서비스

접시들이 나란히 아베 마리아
수프들도 나란히 아베 마리라
숟가락도 나란히 아베 마리아
앞치마들도 나란히 아베 마리아
은총들도 나란히 아베 마리아

천국이 두루마리 휴지처럼 늘어져서 하품을 하고
오늘의 일용한 기적이 내 머리를 빗겨주네
재빨리 무너지는 시간들을 거느린 은총의 마리아님!
살랑살랑 미지근한 머리 감을 물 자욱하게 데워지
는 소리
위안으로 삼아야 할지
목을 매달아야 할지
커튼을 몸에 감았다 풀었다
나무들이 차가운 그늘을 펼쳤다 오므렸다

한가한 지붕들의 평화
입 다문 교량들의 평화

차창에 기댄 내 얼굴로 닥쳐오는 정오의 평화
나의 사라진 대륙이신 그대 눈빛의 나른하고 광막한 평화
내 뺨의 평화와 이발소마다 붙은 그림들의 평화
헤어진 다음에 하루에 백 번씩 전화기에 손가락을 올렸다 내리는 평화
정차하지 않는 역처럼 눈감은 출입문의 평화
피가 돌듯 달려가는 기차를 타고

죽지 말아요 죽지 말아요 나에게서 죽지 말아요
길가에 버려진 빨간 실 한 가닥 같은 힘없는 목소리
다리 밑에선 피가 흐르고
무쇠집게가 다리 속으로 들어오고
유리창에 어른거리는 것은 죽은 아기들의 얼굴 같고
낙태아들을 가득 싣고 가는 기차
사라진 대륙을 떠가는 한 여자의 따뜻한 한쪽 뺨

식당칸의 포크들이 나란히
아베 마리아

공주여 공주여 잠자는 코끼리 공주여

1. 황해

코끼리 떼가 넘실거리는 황해를 건너기는데
노도 없는 배를 타고 건너가는데
코끼리 공주는 산보다 크고 잠보다 무거운데

바다가 갈라지고 바다 밑에 살던
코 고는 코끼리 떼 속으로 떨어져버렸다

시간은 하늘 콧구멍에 콧물처럼 매달려 흐르지 않
는 듯
누런 바다가 바지를 내리고 한없이 뚱뚱해졌다
들숨 속으로 딱딱하고 꺼칠꺼칠한 코끼리 한 마리
가 들어왔다

코끼리여 코끼리여
우리나라 궁궐 기둥을 코에 묶은 코끼리여
그 기둥으로 누런 바다를 휘적휘적 저어보는 코끼

리여

공주여 공주여 다리통이 은행나무통만 하고
몸집이 집채보다 큰 코끼리 공주여
코끼리 같은 잠에 빠진 코골이 공주여

나는 코끼리를 기르는 사람
침대 밑에 그 밑에 누런 바다에 술병이 가득한 사람
누런 코끼리 한 마리가 내 숨을 콱 틀어막네

코끼리가 넘실거리는 황해를 건너가는데
코끼리 공주가 나를 가리키며 저 여자가 오늘 죽
었다고
처음이자 마지막으로 코를 공중으로 뻗치며 말했다
내가 기르던 여자가 저기 떠내려 간다고

나는 잠에서 깨어 기적 소리도 없이 황해를 건너
중국으로 가는

위동 페리의 테라스로 나갔다 3등 선실의 2층 침
대를 버려두고

테라스 바닥에서 잠든 사람들의 코 고는 소리 요
란했다

2. 코는 코끼리

코끼리에 경전을 읽어드려도 되겠습니까?

코끼리에서 코를 퍼 올리는 펌프 같은 숨소리

아기 코끼리 한 마리가 기저귀를 차고
엄마 코끼리 등 위에 잠들어 있습니다

잠자는 코끼리 아저씨와 잠자는 코끼리 아줌마들
굴뚝의 온기에 붙은 듯 떨어질 줄 모릅니다

천둥에 자물쇠를 잠그고
그것을 몸에 품은 코끼리 부부가
입술이 트롬본에 묶인 연주자들 같은
유행 지난 석탄 난로들 같은
콧구멍으로 붐빠붐빠
잠꼬대 보따리 부풀리고 있는 자정의 하늘에

코는 코끼리
눈은 눈끼리
입은 입끼리
귀는 귀끼리

코무덤
눈무덤
입무덤
귀무덤
됩시다
손가락

겁시다

코에 코끼리 옷을 입은 코끼리 떼가
잠이 잠든 잠의 골짜기로 행군합니다

내가 코끼리를 기르는 줄 알았는데
어떻게 내가 기르는 것이 나보다 더 오래 삽니까?
내가 잠을 자는 줄 알았는데
어떻게 내가 자는 잠이 나보다 더 깁니까?

왜 부끄러움을 가리려고 부끄러운 짓을 멈추지 않
는단 말입니까?
서울 시청을 방문한 입양아들이 단체로 외쳤습니다

멀어져도 멀어지지 않는 코끼리 떼에게
경전을 읽어드려도 되겠습니까?

3. 우리나라 코끼리

움직일 때마다 커지는 코끼리가 한 마리 살았는데, 집집의 골방마다 퇴역한 할머니 공주들이 코끼리 전설 보따리를 풀고 있었는데, 이야기 속에서 초승달이 몸을 한번 스칠 때마다 구멍처럼 커지는 코끼리가 살았는데, 숨 쉴 때마다 코가 점 점 점 길어졌는데, 코끼리는 눕지도 앉지도 못하고 서 있기만 했는데, 똥이나 철퍼덕철퍼덕 싸야만 했는데, 어디고 그만 숨어서 쉬고 싶다는 코끼리, 다시는 안 그러겠어요 맹세했건만 매일매일 커지는 코끼리, 이제는 내가 길들일 수 없는 코끼리, 하늘만큼 땅만큼 코끼리, 너무 커져서 오히려 장님처럼 시야가 사라진 코끼리, 나는 그만 초승달을 베갯머리에 숨겨두고 싶어요. 그렇지만 물이 새 들어오는 난파선을 코로 용접하는 것처럼 헐떡거리는 코끼리, 코끼리가 코 풍선 불어대면서, 관자놀이에서 파닥거리는 소나무들을 여물처럼 씹으면서, 악몽에 젖은 땀을 이불처럼 두르고 있었는데, 기적을 울리며 산의 품을 파고드는 기차 – 같은 코끼리, 이빨을 빛내며 나무의 몸통을 파고드는 전기 톱 – 같은 코끼리, 우리나라 하늘을 다 먹어치우고도 움직일 때마다 더 커지는 태풍 – 같은 코끼리, 자꾸만 커져서 이제 드디어 보이지도 않는 코끼리의 눈과 눈 맞추려 나는 코끼리 눈을 찾아 두리번거리고 있었는 데, 밤늦도록 뜬눈으로 코끼리, 코끼리 하고 있었는 데, 코끼리는 태풍보다 거대한 마니차를 돌리는 티베 트 전설 할머니처럼 잠 잠 잠 염불을 외며 끝도 없이 홉 홉 홉 긴 코를 돌리고 있었는데, 코는 코끼리, 나 는 그만 숨도 못 쉬고 황해를 건너 냄새나는 코끼리 를 벗어나고 싶었는데

4부 일인용 감옥

올해는 고래가 유행이야

이제는 고래 하면 패션이야 진짜 올해는 고래가방 고래스커트 고래구두

악수하고 있는데

술 마시고 춤추고 있는데

고래가 왔어

이게 뭐야? 이게 왔어! 소리치는 전화를 받았어

사실은 고래의 눈과 마주쳤어 고래바지를 입고 봤어 고래안경을 쓰고 봤어

이제는 고래 하면 노래야 고래가 왔어 진짜 올해는 고래작곡 고래창법 고래가사

고래의 노래를 들으면

현기증 우울증 공포 불안 안압 상승

고래가 왔어

바다의 고래가 몽땅 나왔다고 했어 고래천지라고 했어

혹등고래 백상아리 심지어 돌고래까지

다 나왔다고 했어

라스코, 알타미라 동굴보다 더 큰 고래가 왔어 땅
이 푹푹 꺼지는 고래가 왔어
   쥐들이 먼저 듣고 땅속으로 몽땅 숨은 다음 고래
가 왔어

   낮에는 낮새들이 떨어지고 고래가 왔어
   밤에는 밤새들이 떨어지고 고래가 왔어

   노래를 부르러 왔다고 했어
   우리는 그런 노래를 들은 적이 없어
   성층권 높이 치솟으려는 바람의 옷자락을 붙들던
노래
   난파선을 악물고 물속 사막에 붙여놓던 그 노래
   그렇지만 지금은 바람이 불어올 때마다 점점 더
무서워지는 저주파의 노래

   이 우주에서 가장 낮은 목소리의 노래라고 했어

내 청각은 들을 수 없지만
내 몸은 왼쪽 귀처럼 웅크려 그 노래를 듣고 불안
공포 우울 무너진다고 했어
그다음엔 내가 끔찍하게 울부짖을 차례라고 했어

이제는 고래 하면 질병이야 고래기침 고래열병 고
래출혈
처음엔 벌레에 물린 줄 알았는데
피부가 벗겨져 진물이 나더니
그 속에서 고래가 터져 나왔어
종기가 터지고 눈물이 흐르고 고래가 왔어

이제는 고래 하면 춤이야 진짜 올해는 고래스텝
고래박자 고래도약
몸에서 한없이 물이 빠지는 춤 그런 다음
고래등뼈 고래목뼈 고래머리뼈 뼈만 남는 춤
방에서나 거리에서나 바닷물에 발이 푹푹 빠지는 춤
땅 밑이 춤추더니 고래가 왔어

빌딩이 쏟아지더니 고래가 왔어

고래가 온 다음엔 바다가 올 거라고 했어

바다가 공중에서 춤추며 올 거라고 했어

바람의 장례

바람이 창문 아래서 두려움에 떤다.

바람은 침묵치료를 견디지 못한다.

가만히 있어, 소리치는 침묵은 어떤 나라 같다.

사정없이 내리쬐는 빛 아래 드넓은 운동장엔 아무도 없다.

다 치료받으러 갔다.

평평하고 광활한 운동장, 그러나 그 안은 스텐처럼 싸늘하다.

바람은 합창단에 가입했다 쫓겨난다.

바람의 목소리는 나무 꼭대기에 붙은 나뭇잎 두 개를 떨게 할 만큼 높이 올라갈 수 있지만

탁자의 잔들이 모조리 깨질 만큼 예리하지만

음정이 계속 틀리는 바람. 박자를 못 맞추는 바람. 악보를 못 읽는 바람.

두 옥타브 올라갔다가 세 옥타브 떨어지는 바람.

바람이 다리를 떤다. 바람이 창문을 떤다.

바람은 긴장을 견디지 못한다.

바람은 기분이 잘 상한다.

바람의 불안이 극도로 커진다. 교실의 전등이 모두 흔들린다.

바람이 미술치료 시간에 그려놓은 밤바다를 보라. 물결치는 수억 만의 머리카락을 보라.

전봇대가 윙윙 운다.

입술 밖으로 전류가 흐른다.

싸늘한 운동장이 벌벌 떤다.

바람에게 누가 귓속말하나 보다.

바람은 흰 이빨 블록들 사이에서 터져 나오는 가지런한 문장들을 견디지 못한다.

바람이 어디선가 험한 메시지를 받아온 사람처럼 포효한다.

바람에게 최면을 걸어야겠다.

바람에게 수면치료를 해야겠다.

바람은 바람들과 파란 하늘을 날고 있었다.

바람이 집에 도착하니 바람의 장례식이 거행되고 있었다.

엄마 아빠가 바람을 입관하고 있었다.

이제 바람은 더욱 심해진다.

펼쳐진 영혼처럼 울먹인다.

귓속말로 명령을 계속 받는가 보다.

바람 속에 몇백의 아이가 들어 있다. 바람은 그 아이들하고만 얘기한다. 그 아이들하고만 산다.

바람은 다중인격이다.

바람은 구강애호증이다.

바람에게 공갈젖꼭지를 물려아겠다.

바람에게 진정제를 놔줘야겠다.

바람의 두 팔을 결박해야겠다.

바람은 상담치료를 견디지 못한다.

바람은 밖에만 있지 않다.

바람은 꿈 분석을 싫어한다.

바람은 빙 둘러앉는 것을 견디지 못한다.

바람은 걸레 같은 가면 아래서

회오리치는 무의식의 대륙들과 만나는 걸 싫어한다.

거대한 풍선처럼 천천히 부풀어 오르다가 의자 모서리에 찔려 터진다. 통곡한다.

저물녘 붉은 물감을 칠한 바람이 폭발한다. 몇 시간째 데굴데굴 구르며 회오리친다. 번개친다.

바람에게서 바람이 뽑혀나가며 지르는 비명.

바람은 자유연상을 못 견딘다.

연상의 끝에는 꼭 무시무시하게 일어서는 밤바다가 있다.

바람은 일인실을 견디지 못한다. 바람은 육인실을 견디지 못한다.

바람은 관에 못이 쳐지는 것을 견디지 못한다.

유골함도 견디지 못한다.

바람은 견디지 못한다.

국어사전 아스퍼거 고양이

국어사전을 깔고 앉은 고양이
국어의 단어들을 실타래처럼 감았다 풀었다
국어의 조사와 보조동사들을 붙였다 떼었다
새앙쥐의 입술에 고래의 입술을 붙였다 떼었다
그렇지만 단어 붙였다 떼기 매뉴얼은 없다는 소문

국어의 평서문은 왜 다로 끝나나요?
물어봐야 소용없는 국어사전 고양이 말씀

애틋함과 아득함을 나에게 가르쳐주었지만
이제는 냄새나는 까만 가죽 고양이 말씀
국어사전 고양이는 국어사전의 단어들을 품고 저
혼자 잘 놀지만
나는 이제 그 단어들로 내 비참을 전할 수 없다
국어사전 고양이는 배려도 때려도 없으니까
죽음, 죽음 저주해도 죽지도 않으니까
국어사전 고양이의 수신인과 발신인은 모두 고양
이라는 소문

오늘 나는 부끄러워요
하면 소리도 없이 그 까만 몸을
담장 위로 점프!
수치란 낱말은 '볼 낯이 없거나 떳떳하지 못하다'
는 사전적 풀이가 있습니다만
우는지 웃는지 교성 섞인 목소리로
다른 나라의 예를 들어가면서 옷을 벗기고 눈을
가리고 채찍으로 몰면서
총검 아래서 똥 눌 때만큼 전쟁 포로의 알몸만큼
부끄럽습니까?
되묻는 국어사전 고양이 말씀

국어의 의문문은 왜 까로 끝나나요?
물어봐야 소용없는 국어사전 고양이 말씀

이 고양이랑 자주 놀면
언어의 파동도 음운의 미립자도 모르게 됩니다

196

사전이나 넘기면서 이 단어 저 단어

적어주는 대로 읽어대는 코리안 앵커처럼

이해도 피해도 없는 종잇장에 박힌 평평한 말씀

칠흑같이 전원이 꺼진 지하철 안에서

떴는지 감았는지 비명 지르며 바라보는 어둠의 정면 같은 말씀

죽은 사람이 몇 명입니까?

비보를 전하고 싶어도 저는 혀가 까끌까끌해서 고기를 좋아하죠

울며불며 애원해도 척결! 척결!

모릅니다, 제 소관이 아닙니다

질문은 받지 않습니다, 라고 외치는 걸 가장 좋아하는

국어사전 고양이가 펼쳐주는 납작한 말씀

내가 요 하고 높임말로 부르면 기분이 어떠세요?

물어봐야 소용없는 국어사전 고양이 말씀

저녁의 방화

불안해! 불안해!! 결국 내 불안이 점화한다!!!!

사막을 건너오다 자객을 만난 대상들처럼 멀리서 핏빛 줄기들이 돌아오고 있는 이 저녁!

나는 이제 이 세상 어느 나라 말도 못 알아듣는 사람이다!

그러나 지금은 얼어붙은 눈동자를 숟가락으로 긁는 것 같은 기막힌 인내! 인내!! 인내의 한계!!!

이제 숨바꼭질 놀이는 끝났다!

내 목으로 내 얼굴로 빨간 도마뱀들이 찬찬히 기어 올라오고, 내 이마엔 이제 세상에 단 하나 남은 황금색 리본!

가로등이 한 발자국 두 발자국 혈흔을 찍으며 이

도시에서 달아난다!

시방 나는 주먹의 감옥을 풀었다! 내 피의 수영장 마개를 열었다!

나에게는 이 세상보다 더 큰 것이 있다! 불이다!

하루도 안 빼먹고 돌아가는 당신! 왔다가 다시 가는 그런 규칙이 싫다! 당신 혈관에 흐르는 건 도대체 무언가? 음란한 화약인가, 외설의 빈혈인가? 당신이 나에게 한 짓을 그대로 갚아주마

나는 시방 지휘자다! 불길을 지휘한다!

내 느낌표는 불꽃 모양이다!

붉은 날개가 닫는 곳마다 내 꺼다! 다 내 꺼다!

어제는 어디 갔다 왔니? 내일은 어디 갔다 왔니? 모레는 어디 갔다 이제 왔니?

진홍빛 치마를 둘러쓴 소녀들이 난간에서 떨어진다! 자꾸 떨어진다!

이제 내 차례다! 내 눈동자가 탄다! 내 나이트가운이 탄다! 불의 넝마다! 이 바보들아! 이 천치들아! 내가 탄다! 바람이 탄다! 강물이 탄다! 하늘이 탄다! 두 다리가 탄다! 내 허파가 폭발한다!

불이 충혈된 눈을 비비며 내 이불 위로 쓰러진다.

엘피 공장에서 만나요

전깃줄 위에 도열한 새들에게
로시인이 말한다

결국 동물은 발의 세계
저마다 발 닿는 곳에 집이 있다
새들도 마찬가지

로시인에게 저희 집은 뒤집어진 고슴도치 털 속
같은 까만 기억 속에 있어요
말해봤자 소용없다
그 까만 집으로 들어가면 실컷 찔리고 처음으로
쫓겨나요
말해봤자 소용없다

날개를 반으로 접어 어깨 속에 감추고 더러운 돼
지우리에서
밴드를 꾸려 돼지들과 함께 꿀꿀거리다 가야 한다

네 음악은 안 돼지
뒷걸음치며 입을 틀어막게 하는 음악은 안
돼지
배설물 위를 뒤뚱뒤뚱 돌아다니는 음악을
음악이라 할 수 있어? 안 돼지
더러워서 나를 화나게 하는 음악은 안 돼지

이 품위 없는 단어 돼지가 내 입에서 떨어지지 않
음은
안 돼지

우리나라 노래는 왜 미셀러니에요?
미셀러니는 왜 그리 힘이 세요?
나는 항변하면 안 돼지

질척거리는 돼지우리를 뱅뱅 도는 저 돼지들
더러운 박자가 쿨럭쿨럭 피어나면 안 돼지

손가락 끝에서 붉은 압핀이 쏟아지는 날

리듬의 날에 베인 상처가 팔뚝에 팍 팍 팍 그어지는 날

상처 사이로 망원경을 집어넣으니 새들의 깃털이 폭설처럼 쏟아지는 날

내 미래의 망루로부터 도래한 오열이 쏟아지나니

슬픔으로 나란히 선 빌딩들이 다 주저앉나니

새는 시방 냄비 뚜껑에 바늘로 홈을 파고 음악을 새긴다

새는 시방 내 배꼽 둘레에 바늘로 홈을 파고 음악을 새긴다

새는 시방 내 정수리 둘레에 바늘로 홈을 파고 음악을 새긴다

새는 어디에나 뾰족한 부리만 있으면 음악을 새길 수 있으니 참자고 생각한다

새는 시방 땅바닥에 새겨진 홈들이 연주하는 소리
를 듣는다
새는 감아놓은 축음기처럼 돌아가는 검은 돼지 귀
에 귀 대면 안 돼지

제 집은 도착하자 떠나는 집이에요
거룩하신 로시인에게 말해봤자 소용없다

석류알 성냥알

북풍한설 부는 밤 소녀의 뺨에 석류알 한 알 맺혀 있습니다

얼굴에 불타는 성냥알 붙은 것처럼 따갑습니다

머릿속 정적 속에는 연속적으로 울리는 부저가 살 고 있습니다

그 소리는 성냥팔이 소녀를 임신시키러 다가오는 나이 든 아저씨의 콧노래 같습니다

너무 더러워서 너무 날카로운 침방울을 입술에 바 르면서

아빠가 사랑을 안 해주디?

핏자국이 얼어붙은 면 속옷을 입고

죽어가는 어린 새가 새로서 이 세상에 태어난 걸
아는지 모르는지

이 세상은 너무 멀어 소녀는 건너갈 수 없고

눈밭을 움켜쥔 두 손은 검푸르고 딱딱하게

얼어 죽은 새의 앙상한 두 발 같습니다

얼어붙은 아저씨의 침방울과 젖은 재 한 곽

그리고 하늘에서 내려오는 석류알 한 알 석류알
두 알

올해도 장미가

장미가 피었다 침대 위에

장미가 피었다 창문에

장미가 피었다 자동차에

나는 장미가 싫어 장미를 팽개쳐도 장미가 피었다
연구실에

장미가 피었다 남북에 셔터가 내려가고 동서에 장
미가 피었다

장미가 피었다 창문이 열리고

네가 장갑을 벗고 장미1을 내민다

몇 겹의 구름을 벗은 파란 얼굴이 장미6을 꺼낸다

지장처럼 찍힌 그의 흉터를 스티커처럼 벗기자 장
미7이 나온다

장미가 많아 못 살겠다

장미 좀 그만 보내!

화가 나서 장미가 피었다

장미를 미행한다

장미를 후려친다

나는 장미가 아니에요 나는 이 사람을 몰라요

장미가 길에서 소리를 지른다

나는 이제 장미 때문에 밥도 못 먹는다

사람도 못 만난다 선 채로 꿈을 꾼다

혹자는 내가 장미를 꿈꾸기 때문에 장미가 핀다고
한다

장미는 암산왕이다

$89 \times 35 = 3,115$

$89 \times 26 = 2,314$

장미가 핀다

장미접시 위의 장미권총

장미야경 아래 장미지하실

비행기가 떨어지고 장미가 온다

기차가 탈선하고 장미가 온다

배가 가라앉고 장미가 온다

하늘을 나는 백조 떼의 심장 발작처럼 툭 툭 피는
장미

심지어 오늘은 35와 7분의 1송이 장미가 온다

장미모텔 욕조에서 장미를 짓이겨야겠다

지금 내가 장미라고 하자 장미는 이미 와 있다

장미를 잡아! 나는 잠꼬대조차 장미한다

장미는 비명을 삼키는 검은 지하, 그곳의 목쉰 습기에서 올라온다

장미를 벗어! 내 몸이 부르르 떨린다

땅속에서 닭들이 몸은 땅속에 둔 채 장미벼슬만 올리고 있다

아베 마리아! 장미가 핀다

아멘! 하고 장미가 핀다

전능하사 천지를 만드신 장미가 핀다

내려가도 내려가도 바닥에 닿지 않는 장미!

필사적이다 뭔가 할 말이 있나 보다

내가 그 입술들을 짓밟는다

장미가 피었다 죽은 사람의 비밀처럼

장미는 말하고 싶다

장미에 귀를 대보라

장미의 침묵 속에는 장미미로가 있다

장미가 피었다 현기증처럼

장미가 피었다 비명의 정적처럼

장미가 피었다 땅 밖으로 말아 올린 고인의 무의
식처럼

물에서 건져서 불로 지져버린 뜨거운 고백처럼

장미가 피었다

핏빛 안개의 심장처럼

흰 토끼의 심장을 감싼 붉은 융단처럼

희디흰 유골단지 속에 재빨리 숨긴 붉은 심장처럼

단 한 번만 더 숨을 쉬고 싶었던 그 순간처럼

장미가 피었다

여왕의 즉위식에 맞춰

좀비 레인

좀비 내리는 날
다른 세상이 오는 날
내 마음이 죽었으므로
앞서 죽은 사람들의 이름과
고양이 울음과
톱 바이올린의 울음소리를
마음 대신 간직하기로 한다

(파란 하늘과 환한 꽃나무 아래
깍지 낀 두 손 같은
끈적거리는 뇌를 가진 적도 있었지만)

좀비 자욱이 내리는 날
좀비는 다리를 질질 끌고 다닌다
그리하여 나는 다리를 질질 끌고 나간다

그러나 나는 밤의 칠판에 추적추적 편지를 쓰는
선생

(선생은 머물고 학생은 떠난다)
나는 아마 달력 위에 영원히 빗금을 그으며 내릴 것만 같아

젖은 행주 같은 머리칼로 칠판을 지운다 무서워서 또 쓴다

어둠 속에 가만히 숨어 있겠다고 약속해줄게
어둠 속에 이빨을 드러내지 않겠다고 약속해줄게

그렇지만 죽음을 전파하러 무덤에서 일어납니다
살지도 죽지도 못하지만 제발 안아주세요

추적추적 처마 아래 좀비 내려서

나는 물속에서 뭉개지는 흐린 안경을 쓰고
대학본부의 중앙계단 아래서 피 흐르는 것들의 숨소리를 듣는다

좀비는 눈알이 빨개져도 괜찮아 그리하여 눈알이 빨개진다

좀비는 깡통을 걸어차도 괜찮아 그리하여 깡통을 걸어찬다

그리하여 밥을 안 먹어도 괜찮아 잠을 자지 않아도 괜찮아

젖어도 괜찮아 구겨져도 괜찮아 하염없이 축축한 편지를 쓴다

좀비 자욱이 내리고 또 내려 무덤에 손톱만 한 창들이 꽂히는 날

살아 있는 척하는 거 쉬워, 그리하여 괜찮아

내 그림자를 뜯어먹고 배불러도 괜찮아

사방에 내린다

일인용 감옥

나는 물속에 들어가 혼자 있는 사람 같아요
입을 벌린 목구멍에서 물방울 보글보글 올라가요

옷을 벗지도 않고 물속에 서면
옷에 핀 꽃에서 붉은 물감이 연기처럼 올라가요

헬리콥터에서 촬영한 구명조끼를 입고 대양에서
떠오른 한 사람
두꺼운 사전 속에서 멸종하는 한 음절 단어처럼

눈감으면 나타나는 검은 바탕에 한 점 환한 벌레
한 마리
청진기로 듣는 구멍 막힌 갱도에서 마지막 남은
단 한 청년광부의 숨소리

누가 바다 가득 젤리를 쏟아 부어 굳힌 다음
몸을 하나 똑 떠내어 이 사거리 한복판에 세워두
었나요?

나는 내 몸에 꼭 맞는 일인용 감옥에 살아요
나를 피해 내 몸속으로 도망간 소금기둥 같아요

오물이 자살했다

경찰관이 와서 눈을 까뒤집자
오물의 눈동자엔 오물이 가득했다

오물의 눈동자가 상영하는 영화를 잠깐 보기로
했다

그녀가 담아온 엄마의 얼굴은 쥐였다
그녀가 담아온 아빠의 얼굴은 사냥꾼이었다
사냥꾼은 장마가 한창인 상냥한 거리에서 총을 들
고 쥐를 쫓았다
밤에는 쥐 이빨이 긇아떨어진 사냥꾼의 콧구멍을
쏠아대었다

오물은 거리를 매만지고 온 빗물침오줌똥가래의
꿈을 꾸었다
베스트 프렌드 A는 얼굴에 토사물을 싸고 갔다
베스트 프렌드 B는 입에 침을 뱉고 갔다
베스트 프렌드 CDE는 면상에 담뱃불을 날렸다

구둣발에 진득하게 오물이 들러붙는 밤

언제 오물은 이 세상을 넘어가기로 맘을 먹었을까?
오물은 오염된 시간을 머플러처럼 풀어 철봉의 목
에 감았다
꾸역꾸역 놀이터로 시선의 똥오줌들처럼 오물이
진격해 들어왔다
오물에서 오물의 영혼처럼 투명한 김이 올라왔다

오물은 거짓말쟁이뚜쟁이양아치도둑음란한년!
가까이 하면 냄새가 옮아, 저년과 떨어져!

프렌드들이 오물의 귀를 방아쇠처럼 당기면 오물
이 얼굴에 튀었다

오물의 면상과 양쪽 엄지발가락으로 오물이 주삿
바늘로 주입되었다

찰랑찰랑 오물의 너울이 창가로 몰려드는 밤
출렁출렁 더럽게 큰 새들의 더 더럽게 더 큰 날개
가 온 세상을 가득 덮어버리는 밤
버스의 차창 밑에서부터 행인들의 목까지 오물이
차오르는 밤

오물은 쭈글쭈글 이 세상이 싫었다
오물은 현기증 나는 낭떠러지를 만나면 아주 좋
았다

오물은 오늘 밤 온몸으로 오물이 차오르는 걸 그
냥 내버려두었다
수렁의 오물들이 고고의 성을 무한하게 내질렀다

단지 강가에 매어놓은 작은 보트처럼 몸을 이리저
리 움직였을 뿐인데
이렇게 금속의 영혼 같은 색깔이 꾸역꾸역 몰려나

오다니 자꾸만 커지다니

  동물과 식물과 사물들과 친구들의 테두리가 다 터
져버리다니
  집을 땅속에 묻어야 하나 땅을 땅속에 묻어야 하나

  눈을 떠도 감아도 수은 빛 환한 오물이
  보이지도 않는 방사능 같은 오물이

사각형 그리고 줄무늬

달려도 달려도 검은 안대 속이다

검은 브래지어 속 젖꼭지다

칠 년 만에 눈뜬 매미인데
하필이면 군수님 경찰관님 기관장님 앞에서
시 낭독해야 한다

자궁 속에서 막 꺼내진 다음 숯불에 달군 석쇠 무
늬가
허벅지에 새겨지는 새끼 돼지처럼

지금 당신들 앞에서 내 시를 읽어야 한다
그런 게 시냐 빳빳이 선 지렁이 같은 시선을 쏘아
대는
님 님 님들 앞에서

(끔찍한 기다림에 안달 난 눈빛

피 웅덩이 속에서 물새는 같은 말 하염없이 지껄이고
이 밤 다 지나가도록 검은 음반은 튀고
세상에 와본 적 없는 리듬으로
반복을 견디고 망설이는 나날)

나는 시를 읽어내려간다

빗금 아래 가려진 글자들

바람 불어 숨 못 쉬는 풍뎅이처럼

검은 그림자 흰 그림자 번갈아 눈부신 대낮
창궐한 큰 슬픔이
가련하고 작은 내 슬픔들을 들쑤시는
나날

달려도 달려도 검은 안대 속이다

단 한 편의 시
── 김혜순의 돼지복음서

권 혁 웅

1. 알럽/알렙 돼지의 출현

여기, 세상의 모든 것에 관해서 말하는 한 편의 시가 있다. 2012년에 발표된 「돼지라서 괜찮아」(이 시집의 1부)는 구제역으로 인해 살처분된 돼지들에 관한 시다. 2011년 초, 돼지 330만 마리와 소 15만 마리가 무더기로 생매장 당했다. 시인은 이 돼지 판 홀로코스트 앞에서 육체, 벌거벗음, 죽음, 시 쓰기, 사랑, 권력, 여성성, 문명, 구원, 신화와 같은 수많은 테마가 집약된 한 편의 장시를 구상했다. 모든 이야기가 집약된 단 한 편의 시가 이렇게 해서 태어났다.

이 시에 흔한 소리은유(이것은 단순한 말장난이 아니다. 시는 언제나 두 번 말한다. 기의에서 한 번, 기표에서 한 번.

소리은유는 기표 차원에서 서사를 추동하는 주요인자다) 를 흉내 내어 말하자면, 시의 주인공인 돼지를 이렇게 불러도 좋을 것이다. 아이러브돼지. 세상 죄를 지고 가는 주의 어린 돼지. 죄는 인간이 지었는데 그를 대신해서 죽음의 구덩이에 던져지고 부활한 구원의 돼지. 구원 서사를 통해서 「요한복음」("하느님이 세상을 이처럼 사랑하사", 3장 16절)을 뒤집은 '돼지복음' 1장 1절, "돼지께서 인간을 이처럼 사랑하사"를 개시(開示)한 돼지. 혹은 알렙돼지. 보르헤스는 세상의 모든 시간과 공간을 동시에 구현하고 있는 단 하나의 사물인 '알렙'을 상상했다. "나는 모든 지점들로부터 〈알렙〉을 보았고, 나는 〈알렙〉 속에 들어 있는 지구를, 다시 지구 속에 들어 있는 〈알렙〉과 〈알렙〉 속에 들어 있는 지구를 보았고, 나는 나의 얼굴과 내장들을 보았고, 나는 너의 얼굴을 보았고, 나는 현기증을 느꼈고, 그리고 나는 눈물을 흘렸다. [……] 〈불가해한 우주〉를 보았기 때문이었다."(보르헤스, 『알렙』) 이 시의 돼지 역시 세상의 모든 약한 존재자들을, 죽음과 부활을, 사랑과 욕망을, 성과 식(食)을 제 몸에 구현한 다면체 돼지다.

구원의 서사와 다면성에 기대어 이 장시(1부 〈돼지라서 괜찮아〉)를 읽어보려 한다. 내가 보기에 시집의 2~4부는 이 장시의 각주, 보유, 예시, 변주에 해당한다. 2부 〈글씨가 아프다〉는 이 돼지의 세속적인 부활, 곧 돼지의 재출현에 관한 징표들을 담고 있다. 이 징표가 부적, 시, 제문,

예언, 기념일, 알레고리, 동물들과 같은 기호로 출현하기 때문이다. 3부 〈춤이란 춤〉은 이 징표들의 술어화, 곧 기호들의 현동화activating에 관한 얘기다. 3부는 기호들의 춤, 상승, 선회, 유전, 변신을 이야기한다. 4부 〈일인용 감옥〉은 이 현동화된 기호들이 개체화, 개별화되는 이야기다. 돼지가 우리에 갇히듯 우리는 우리 몸에 갇힌다. 곧 개체화된다. 다수는 3인칭이며, 나는 1인칭 개체다. 무리로 출현한 돼지들이 내 자신으로 전신(轉身)하는 것, 이것이 시인이 힘주어 강조하는 부활이다.

2. 성찬식의 주인은 피와 살이다

시인은 먼저 우리를 거대한 성찬식으로 초대한다. 장소는 한 번에 30만 마리 돼지를 잡는 부엌이다. 성찬은 빵과 포도주를 나누며 세상 죄를 대속하는 신의 어린 양을 기념하는 예식이다. 예수는 빵과 포도주를 나누며 이것이 많은 이들을 위하여 찢기고 흘리는 자신의 살과 피라고 말했다. 상징은 명명된 것과 명명한 것의 간격을 전제로 한다. 이 다름을 건너뛰는 것이 명명("이것은 죄 사함을 얻게 하려고 많은 사람을 위하여 흘리는바 나의 피 곧 언약의 피니라", 「마태복음」 26장 28절)의 힘이다. 그러나 바로 이 명명 때문에 둘은 결정적으로 분리된다. 명명된 그

것이 명명한 바로 그것임을 보증하는 명명이란 동어반복 외에는 없기 때문이다. 밀가루로 빚은 빵은 살이 아니고 포도로 빚은 술도 피가 아니다. 따라서 성찬식의 진정한 주인(이것을 내 살과 피라고 명명할 수 있는 사람)은 동어반복을 수행할 수 있는 자다. 바로 여기서 유물론의 성찬식이 출현한다. 돼지를 살처분하는 현장을 보라. 이 살과 피는 너희를 위하여 주는 내 살과 피니라. 이 동어반복의 몸 때문에 돼지는 임재한 현실이 된다. 기독교에서는 바로 이런 간격, 곧 실제의 몸과 상징적인 몸 사이의 간격 때문에 많은 논란이 있었다. 심지어 십자가에서 죽어간 예수가 실제로 죽은 것이 아니라 죽어가는 자의 이미지일 뿐이라는 주장마저 있었다. 이를 가현설(假現說)이라고 부른다. 그 몸이 가짜라는 것이다. 돼지복음에서는 그런 일이 일어나지 않는다. 그 몸은 진짜다. "아무래도 돼지를 십자가에 못 박는 건 너무 자연스러워, 의미 없어"(「돼지는 말한다」). 거기서는 빵과 포도주 → 피와 살 → 십자가 위에서 피를 흘리고 살이 찢김이라는 삼단 상징 콤보가 없다. 성찬식의 피와 살이 구원의 상징이 되기 위해서는 또 한 번 '십자가'라는 상징이 있어야 한다. 그러나 돼지에게는 성찬이 곧 죽음이요(그 자리에서 피와 살을 쏟으니까), 구원이다(그 죽음을 통해 사람들을 먹이니까). 그러니 그에게는 십자가라는 의미가 없다.

다시 정리하자. 돼지에게는 두 개의 상징이 없다. 그에게는 다른 것으로 제 살과 피를 수식할 필요가 없으며, 그 피와 살을 광고할 십자가도 필요하지 않다. 이 두 개의 없음이 역설적인 전능함, '무소부재(無所不在)'라는 이중부정의 역량을 낳는다.

　　있지, 너 돼지도 우울하다는 거 아니? 돼지도 표정이 있다는 거?
　　물컹거리는 슬픔으로 살찐 몸, 더러운 물, 미끌미끌한 진흙

　　내가 로테르담의 쿤스트할레에서 얀 배닝이라는 사진가가 일제 식민지 치하
　　수마트라 할머니들 찍은 사진을 봤거든 그런데 그 사진 속 표정은 딱 두 종류였어

　　불안 아니면 슬픔, 그래서 난 걸어가면서 그 주름 얼굴들에게 이름을 붙여줬지
　　당신은 불안, 당신은 슬픔, 슬픔 다음 불안, 불안, 슬픔, 슬픔.
　　　　　　　　　　　　　　　　　　　—「돼지는 말한다」 부분

"있지, 지금 고백하는 건데 사실 나 돼지거든."(「돼지는 말한다」) 돼지가 바로 우리 자신이 되는 것은 이런 간격 없음을 통해서다. 돼지의 저 몸에는 어떤 상징도 내려

앉지 않으나, 그럼에도 불구하고 "표정"은 있다. 표정이란 모든 유기체에게 있는 '지속하려는 경향'의 외적 표현이다. 스피노자는 지속을 "존재 속에 계속 머무르려는 경향"이라 불렀다. 지속은 존재가 연속되려는 것이며, 지속의 끝은 죽음이다. 표정은 바로 이 말단 앞에서 공포나 불안, 슬픔으로 드러난다. "물컹거리는 슬픔으로 살찐 몸"을 가진 돼지야말로 지속하려는 경향으로 잔뜩 부풀어오른 피와 살이다. 돼지가 슬픔과 불안으로 지각되는 것은 죽음에 직면해 있기 때문이다. 한 끼 식사로 도살되거나 산 채로 매장될 저 뚱뚱한 슬픔이란! "일제 식민지 치하/수마트라 할머니들"에게서 드러난 표정도 그와 같았다. 시인은 이렇게 명명한다. "당신은 불안, 당신은 슬픔, 슬픔 다음 불안, 불안, 슬픔, 슬픔." 슬픔과 불안의 이런 무작위적인 연속을 통해 돼지는 우리가 된다. 서시는 이렇게 묻는다. "아무래도 돼지가 죽어서 돼지로 부활한다면 어느 돼지가 믿겠어?"(같은 시) 돼지는 이미 죽어서 피와 살이 감당해야 할 사역을 마쳤다. 그런데 어떻게 부활할 수 있는가? 부활 역시 생사라는 서로 다른 불가역적인 이항(二項)을, 간격을, 심연을 건너뛰어야 하는 상징 아닌가? 유일한 답은 돼지는 돼지로서 부활해야 한다는 것이다. 이 시에서 돼지는 끝내 죽은 돼지로 부활한다.

무덤 속에서 복부에 육수 찬다 가스도 찬다

무덤 속에서 배가 터진다

무덤 속에서 추한 찌개처럼 끓는다

핏물이 무덤 밖으로 흐른다

비오는 밤 비린 돼지 도깨비불이 번쩍번쩍한다

터진 창자가 무덤을 뚫고 봉분 위로 솟구친다

부활이다! 창자는 살아 있다! 뱀처럼 살아 있다!

—「피어라 돼지」 부분

유물론의 돼지는 새로운 생명을 얻지 않는다. 구덩이에 살처분된 돼지가 부활하는 방법은 그런 것이 아니다. 무덤에서 가스가 터져서 창자가 솟고 침출수가 흘러나오는 것, 이것이 부활이다. "피어라 돼지"는 돼지의 고결함과 아름다움에 대한 예찬(돼지는 '꽃'이다)이기도 하지만, 돼지의 희생에 대한 위로이자 진혼(돼지는 '피'다)이기도 하다. 돼지여, 꽃으로 피어나라. 돼지여, 너는 온통 피투성이와 피비린내로구나. 무덤에 들어간 돼지가 세상에 제 몸을 다시 드러냈다는 것이야말로 부활이 아니고 무엇이겠는가? 이것이 돼지복음 2장, 부활의 서사다.

3. 우리가 군대이니 우리가 많음이니이다

돼지가 부활하는 방법에는 한 가지가 더 있다. 우리가

되는 것이다. 우리는 어떻게 우리가 되는가? 증식하기, 다수가 되기를 통해서다. 하루는 예수가 한 지방에 이르렀는데, 무덤 사이에서 귀신 들린 사람이 나와서 자신에게 상관하지 말 것을 청했다. 예수가 이름을 물으니, 그가 "군대입니다. 우리의 수가 많아서 붙여진 이름입니다"라고 대답했다. 귀신들이 돼지에게 옮겨 갈 것을 청하니 예수가 허락했다. 그러자 이천 마리나 되는 돼지들이 벼랑으로 달려가서 바다에 빠져 죽었다"(「마가복음」 5장 1절 ~13절). 돼지의 이름은 늘 이 '많음, 군대, 다수'다. 그들은 "슬픔, 슬픔 다음 불안, 불안, 슬픔, 슬픔"이었다. 이것은 그들이 개체로서는 아직 구별되지 않는다는 뜻이다.

돼지들이 걸어온다
이 화창한 대낮에
이렇게 꽃 흐드러진 대낮에
돼지9 원피스돼지, 돼지9 투피스돼지, 돼지9 넥타이돼지
걸어온다
요리조리 엉덩이 흔들며 하이힐 콕콕 찍어대며

돼지9 길러서 먹어주세요
돼지9 먹고 울어주세요
돼지9 새끼도 낳아 드릴게요
돼지9 슬픈 인생이었다고 한 번만 말해주세요

돼지9 나를 잘 싸서 준비해주세요

돼지9 창자는 줄에 걸어주세요

돼지9 하나도 버리지 말아주세요

돼지9 트림은 그렇게 심하게 말아주세요

맛있는 걸 당신이라고 불러도 되나요?

아껴가며 살살 파먹어도 되나요?

—「세상에서 제일 맛있는 당신」부분

보라, 돼지들은 그 이름으로도, 순번으로도 구별되지 않는다. 그들은 돼지1, 돼지2, 돼지3……이 아니라, 돼지9, 돼지9, 돼지9……다. 이름 붙일 수 없다는 것은 다수가 고유명사를 갖지 않는다는 뜻이다. 일인칭이 세계를 지배하는 신적 형식의 표현이라면, 고유명사란 신의 소유권 증명과 같은 것이다. 철수는 그 이름에 의해 신의 사랑을 받는 단 하나의 철수가 된다. 그에게서 이름을 빼앗으면, 그는 다른 개별자들과 구별되지 않는 다수로 돌아간다. 순번을 부여받지 않는다는 것은 다수가 서수화(序數化)되지 않는다는 뜻이다. 다수는 정확한 숫자를 가지지 않으며, 그저 '많음'으로 표현될 뿐이다. 따라서 거기에 순서나 석차를 부여할 방법이 없다. 저 숫자 9는 상형문자(돼지의 몸통에 꼬리 하나를 덧붙인 것)에 지나지 않는다. 비유컨대 그것은 실체('○')에 덧붙은 아래아('.')다.

　　아래아는 돌아온다. 문을 닫아도 아래아. 문을 열어도 아래아. 아래아는 꼭 온다. 아래아는 나의 룸메이트. 아래아는 나의 피크닉메이트. 기다리지 않아도 꼭 돌아오는 아래아. 사랑해 아래아 하면 벌써 가버리고 없는 아래아. 그래서 진짜로는 도착해본 적도 없는 아래아. 일주일에 한 번 생일이 돌아오는 아래아라고 해야 할까? 선생님 어디 가셨어요? 나 혼자 나머지 공부하는 교실에 선생님은 일요일엔 안 오신단다. 아래아가 내게 말해주는 아래아. 한량없이 한량없이 나는 아래아에게 찬송가를 바친다. 마지막이라는 말 아세요? 설마 모르세요? 나는 당신의 장례를 치렀습니다. 몇 번이나 말해주었지만 다시 나귀 타고 호산나! 죽어주는 아래아. 도대체 이 어설픈 기하학, 7각형 속에는 무엇이 살고 있나? 일주일의 마지막이며 시작인 아래아는 날마다 돌아온다.
　　　　　　　　　　　　　　—「was it a cat I saw?」부분

　　실체는 이름 붙일 수 있으며 셀 수도 있다. 그러나 거기에 덧붙은 아래아는 부가적이다. 이름도 없이 무수하고("문을 닫아도 아래아. 문을 열어도 아래아"), 실체와 더불어 있으면서도("아래아는 나의 룸메이트 [……] 피크닉메이트"), 정작 없거나("벌써 가버리고 없는 아래아") 있어본 적도 없는("진짜로는 도착해본 적도 없는 아래아") 존재다.

"일주일에 한 번 생일이 돌아오는 아래아." 매주 돌아오는 요일처럼 그것은 돌아오지만, 매주 반복되는 요일처럼 그것은 개별적이지 않기 때문이다. 이것이 다수다. 일요일처럼 시작하고 일요일처럼 끝이 나지만, "일요일엔 안" 오는 선생님처럼 거기에 없는 아래아. 그것은 고양이일 수도 있고, (이 시집의 곳곳에서 모습을 바꾸어 출현하는) 코끼리, 파리, 문어, 생쥐, 백합, 고래……일 수도 있으며, 그냥 돼지꼬리일 수도 있다. 그들이 자신을 부르는 이름이 군대다. 많기 때문이다. 돼지복음 3장은 이렇게 적힌다. 개별자가 되지 못한 몸들, 개체로 현현하거나 명명되지 못한 몸들, 그리고 돼지 떼에게 들어가 몰살당하는 몸들…… 돼지는 바로 그 다수의 이름이며, 다수의 이름으로 희생되는 몸들이다.

4. 우리에 갇힌 우리

그러나 우리는 우리[쏟]에 갇힌 존재들이다. 면벽(面壁)하는 이들에는 두 종류가 있다. 참선하는 스님과 감옥에 갇힌 이들이 그들이다. 전자는 능동적이요 후자는 피동적이다. 사방 벽이 처음부터 주어진 것이므로 돼지는 후자에 속한다. 돼지선(禪)이란 명명은 이 둘의 고의적인 착란 혹은 동거(이곳이 알렙임을 기억하라)에서 파생되었다.

스님! 스님! 면벽 스님! 제가 질문이 있는데요!

8년 동안 목욕은 한 번도 안 하셨나요?

혹시 표류선이라고는 들어보셨나요?

망망대해를 떠가는 아이스박스 표류선!

아이스박스 하나에 어부 하나!

물 한 모금도 못 먹은 지 8일째!

스님! 스님! 면벽 스님! 이런 건 들어보셨나요?

화장실도 없는 독방에서 하지도 않은 일을

불어라 불어라 두들겨 맞는 독방선이요!

그도 저도 아니면 똥선은 어떤가요?

하루 종일 제가 낳은 똥만 바라보면서 똥을 질질 싸는 선

코마에 갇힌 선! 창살 돼지선!

　　　　　　　　　　　　　　　　　　　　　　　—「돼지禪」 부분

　아픈 명명이다. 아이스박스를 타고 표류하는 어부에게
는 표류선(漂流船)이, 고문실에서 두들겨 맞는 죄 없는 백
성에게는 독방선(獨房禪)이, 변기에 갇혀 똥세례를 받는
똥돼지에게는 똥선이 주어졌다. 희망 하나로 절망의 바
다를 표류해야 하는 자, 자유를 구속당한 채 폭력에 노출
된 자, 오욕과 모욕을 동의어로 받아들여야 하는 자가 모
두 돼지다. 다수로서의 돼지는 이 자리에서 수탈당하고
두들겨 맞고 갇히고 절망하는 민중이 된다. "지금 이 백

성은 약탈과 노략을 당하였으며, 그들 모두가 굴속에 붙잡히고 감옥에 갇혀 있다."(「이사야서」 42장 22절) 실로 이 장시에는 고문, 수탈, 살해, 구금의 장면이 가득하다. 그 가운데 압권은 물론 마지막 살해 장면이다. 돼지는 살아서 우리에서 살다가 죽으러 다른 우리(구덩이)로 들어가야 한다.

　　검은 포클레인이 들이닥치고
　　죽여! 죽여! 할 새도 없이
　　알전구에 똥칠한 벽에 피 튀길 새도 없이
　　배 속에서 나오자마자 가죽이 벗겨져 알록달록 싸구려 구두가 될 새도 없이
　　새파란 얼굴에 검은 안경을 쓴 취조관이 불어! 불어! 할 새도 없이
　　이 고문에 버틸 수 없을 거라는 절박한 공포의 줄넘기를 할 새도 없이
　　옆방에서 들려오는 친구의 뺨에 내리치는 손바닥을 깨무는 듯
　　내 입 안의 살을 물어뜯을 새도 없이
　　손발을 묶고 고개를 젖혀 물을 먹일 새도 없이
　　엄마 용서하세요 잘못했어요 다시는 안 그럴게요 할 새도 없이
　　얼굴에 수건을 놓고 주전자 물을 부을 새도 없이

포승줄도 수갑도 없이

—「피어라 돼지」 부분

"없이"라는 술어로 정렬되었다고 해서 이 장면의 잔혹
함이 덜어지지는 않는다. 저 구타, 피부 벗김, 결박, 물고
문, 살해 위협에는 '자백을 받아냄'이라는 목적이 있다.
원하는 말을 제공한다면 혹은 그 정보를 내가 모른다는
게 분명해진다면, 저들이 고문을 중단할지도 모른다. 실
낱같은 희망이다. 그런데 고문, 구타, 위협에 다른 목적이
없다면? 가장 잔혹한 살해가 저 감금의 끝에서 기다린다
면? 이제 죽음은 피할 수 없는 것이 되었다. 그에 따라서
구원의 서사는 가파르게 전개되어간다. "참으로 그는 우
리가 받아야 할 고통을 대신 받고 우리가 겪어야 할 슬픔
을 대신 겪었으나, 우리는 그가 징벌을 받아서 신에게 맞
으며 고난을 받는다고 생각하였다."(「이사야서」 53장 4절)
그러나 시인이 전하는 새로운 복음서에서 우리는 '그'와
구별되지 않는다. 그는 우리 바깥에서 우리를 위하여 성
육신(成肉身)한 이가 아니라, 우리라는 다수에서 우리 가
운데 하나라는 개별자가 됨으로써 성육신한 돼지이기 때
문이다. 시인이 전하는 가장 깊은 전언 가운데 하나가 여
기에 있다. 우리의 고통과 질병과 죽음은 무의미한 희생
이 아니라 우리 자신을 구원하는 행위라는 것. 마지막에
가서 말하겠지만, 이 시가 참선을 거부하고 산문을 나서

는 것도 이 점과 관련되어 있다고 해야 한다. 우리를 부수어야 한다.

5. 돼지와 여성은 부정(不淨/不貞)하다

실로 돼지는 살아서도 우리 속, 죽어서도 구덩이 안이었다. 우리에서 살다가 구덩이에 묻혔으니 무저갱(無底坑)이라 할 만했다. 군대라 불리던 귀신들이 예수에게 간청한 것은 "제발 무저갱으로 들어가라고 명령하지 말아주소서"하는 것이었다(「누가복음」 8장 31절). 바닥이 없는 바닥, 더 내려갈 곳이 없다고 생각했는데도 여전히 추락하고 있는 삶. 이곳은 부정(不淨)한 곳이며, 이 부정은 흔히 부정(不貞)으로 번역된다.

오 더러운 년 간다
두들겨 맞고 간다
오 눈부신 망할 년 간다
도망간다
오 검게 반들거리는 시궁창 같은 년 간다
내뺀다

저년을 막아! 회초리를 든 사람들이 몰려온다

나 혼자 살게요
버림받은 년
돼지 같은 년
달아난다

이게 다 이 더러운 자루에 담긴 물 때문이에요
그녀가 운다

나도 이 물이 가득 든 자루가 싫어요
그녀가 침을 흘린다

누가 돼지를 껴안았다가 뺨을 갈긴다
이 더러운 돼지가 나를 화나게 하잖아 이 더러운 암퇘지가
　　　　　　　　　　　　　　　　　——「지뢰에 붙은 입술」부분

　　보르헤스는 거울과 아버지는 무서운 것이라고 말했다.
거울은 만물을 비춤으로써, 아버지는 자식을 낳음으로써
세상을 두 배로 만들기 때문이다. 비슷한 어법으로 말하
자면, 돼지와 여성은 더러운 것이다. 둘 다 '먹다'의 대상
이 되는, 슬픔과 불안으로 부풀어 오른 몸을 갖고 있기 때
문이다. 저들은 곧 인간이나 남자들에게 먹힐 터인데, 어
째서 음식 따위가 죽음에 대한 공포를 뿜어낸단 말인가?

저 금지명령을 자세히 보자. 인간/남자man의 복음은 이렇게 말한다. "돼지는 너희에게 부정하니 너희는 이런 것의 고기를 먹지 말라."(「신명기」 14장 8절) "여자의 몸에서 무엇인가 흘러나오는데 그것이 달거리 피일 경우에는 이레 동안 부정하다. 그리고 여자의 몸에 닿은 사람은 저녁까지 부정하다."(「레위기」 15장 19절) 돼지가 부정하다면 돼지는 죽임을 당하지 않을 것이다. 음식이 되기 위해 도살되지 않을 것이기 때문이다. 그러나 실제로 돼지는 무수히 (인간의 언어로 말하자면) 먹힌다. 월경하는 여자가 부정하다면 폐경기를 맞은 여자만이 성결할 것이다. 실제로 여자도 생산을 위해서 무수히 (남성의 언어로 말하자면) 먹힌다.

인용한 시에서 돼지-여자는 무수한 욕설과 매를 맞으며 추방된다. 그녀는 "더러운 년, 망할 년, 시궁창 같은 년, 버림받은 년, 돼지 같은 년"이다. 돼지와 그녀의 거소가 공동체에서 추방당한 곳, 버림받은 곳, 시궁창, 돼지우리였다는 얘기다. 이제 돼지는 여자의 비칭(卑稱)이 되고, 여자는 돼지의 자의식이 된다. 가장 유명한 섹스 심벌이었던 여자, 마릴린 먼로의 경우도 예외는 아니다.

> 화면같이 청결한 세상에서 살았었다고
> 은빛 비행기를 타고 가서
> 거울 속처럼 깨끗한 침대 위에

누워 이마에 손을 올렸었다고
하늘하늘 치마를 걷었었다고 하지 마라

우리는 돼지로 돌아온다
먹고 싸는 이 돼지 자석에 철컥 달라붙는다

[……]

그리하여 최후의 배역에 철컥 달라붙는다
내가 싼 것 위에 몸을 철퍼덕 싸는 배역
영혼이 빠져나간 다음 쇠갈고리에 걸리는 배역
뭉개지면서 내가 내 혀 맛을 볼 수 있게 되는 배역

양손에 돼지 가슴이 담긴 봉지를 든 여자가
아까부터 같은 얘기 계속 중얼거리며 걸어가고 있다
─「마릴린 먼로」부분

뭇 남성의 선망을 받던 여자, 살아서는 수많은 남자와
염문을 뿌렸고 죽어서도 "침대에서 전라로 발견……" 운
운하는 말로 치장된 여자. 당시에 그녀의 죽음은 수면제
과다 복용 탓으로 정리되었지만, 지금은 누구나 그녀가
타살되었음을 안다. 그렇다면 그녀는 마지막 자리에서
도 죽음의 연기를 한 것이다. 죽어가면서 "최후의 배역"

을 소화한 것이다. 숨을 놓던 순간에 열리는 괄약근처럼 배설물 위에 제 몸을 싼 것이다, 돼지처럼. 영혼이 떠나간 후 그녀의 시체는 붉은 등 아래 진열된 것이다, 돼지처럼. 자신이 볼 수 있게(남자들이 맛볼 수 있게) 자신의 모습을 전시한 것이다(남자들의 미각에 맞춰 제 자신을 맛본 것이다), 돼지처럼. 그러니 저 여자의 가슴을 돼지 젖을 든 봉지라고 어떻게 말하지 않을 것인가? 돼지복음서 5장은 이처럼 여성성을 예리하게 드러내며 끝난다.

6. 사랑, 주체의 몸짓

그러나 이 희생이 파괴적이기만 한 것은 아니다. 돼지-여자는 부정한 것으로 손가락질당하고 버림받았으나, 여전히 구원의 서사는 작동하고 있다. 1장 1절을 다시 상기하자. "돼지가 인간을 이처럼 사랑하사……"「요한복음」 3장 16절은 이렇다. "하느님이 세상을 이처럼 사랑하사 독생자를 주셨으니 이는 저를 믿는 자마다 멸망하지 않고 영생을 얻게 하려 하심이라." 돼지복음의 뒷말은 이렇게 적힌다. "……제 몸을 주셨으니, 이는 저를 먹는 자마다 멸망하지 않고 생명(=지속)을 얻게 하려 하심이라." 더럽혀지고 죽임을 당하고 토막 나고 먹을거리로 제공된 돼지. 능동성을 박탈한 돼지는 '개죽음'의 그 개와 동격이 되어 갈고리에 걸린다. 하지만 그로써 인간은 음식을 얻고 생명을 지속할 힘을 얻는다. 그렇다면 저 돼지-여자의 희생은 적극적인 사랑의 결과가 아닌가?

맛있는 걸 당신이라고 불러도 되나요?

아껴가며 살살 파먹어도 되나요?

당신은 돼지를 사랑했다
익숙하게 살집을 가르고 신문지에 싸서 검은 봉지에 담아 주었다
―「세상에서 제일 맛있는 당신」 부분

돼지-여자, 당신은 맛있다. 나는 당신을 아껴가며 사랑했다. 다르게 말해서 "살살 파먹"었다. 돼지-여자, 당신도 당신 자신을 사랑했다. 돼지가 다수였다는 것을 기억하라. 나도 당신도 우리에 갇힌 우리였다는 것을 상기하라. 저 재귀적인 사랑은 이타적인 사랑이기도 하다. 당신은 당신을 사랑했고, 돼지를 사랑했고, 마침내 나를 사랑했다. 그래서 당신은 당신의 살을 잘라 내게 주었다. "주께서 잡히시던 밤에 빵을 떼어 축사하시고 말씀하셨다. 이것은 너희를 위하는 내 몸이다."(「고린도전서」 11장 23~24절) 돼지 복음서에서는 무엇이 변했는가? 돼지가 자신의 불안과

슬픔을 넘어서서, 자신의 몸을 직접 우리에게 내어주었다는 것, 수동적인 고난passion을 능동적인 열정passion으로 바꾸었다는 것이 달라졌다. 외적인 고통과 고난과 고문을 주체화함으로써 내면의 계기로 바꾸는 것, 이것이 사랑이다. 모든 고통의 흔적은 이제 성흔, 곧 사랑의 표현이 된다. 사랑은 어쩔 수 없이 해야만 하는 것을 자신의 몫으로 떠맡는 것, 주체화하는 것이다. 주체subject란 처음부터 대상에 종속된 자, 영향받는 자이지만, 그 수동성을 자신의 선택으로 삼는 자, 자발적이고 능동적인 자이기도 하다. 운명에 자유의지를 불어넣는 이런 제스처를 주체화의 몸짓이라고 부른다. 사랑하는 사람은 이렇게 말한다. "사랑할 수밖에!" 이 지점에서 돼지복음은 그 내밀한 아름다움을 드러낸다.

[……] 나는 당신의 염통이 되려고 길러진다. 나는 당신의 폐가 되려고 길러진다. 나는 당신의 피부가 되려고 길러진다. 나는 당신의 쓸개가 되려고 길러진다. 심지어 나는 당신의 뇌가 되려고 길러진다. 말하자면 이런 식이다. 나는 당신의 눈치를 보면서 얼른 당신의 눈동자를 내 눈동자로 바꿔준다. 나는 미소를 짓다가 얼른 당신의 간을 내 싱싱한 간으로 바꿔준다. 당신은 끝없이 부품을 교체하여 죽지 않는다. 다시 말하지만 이런 일엔 내가 예쁜 배우라는 것이 무척 도움이 된다. 나는 당신의 슬픔, 당신의 눈물, 당신의 불안,

당신의 공포, 당신의 장애가 되려고 길러진다.

— 「돼지에게 돼지가」 부분

"미래의 어느 날", "장기(臟器) 농장 프로젝트"(「돼지에게 돼지가」)가 성공했다. 인간은 돼지를 키워 자신의 병들고 낡고 고장 난 장기를 돼지의 것으로 갈아 끼운다. 돼지의 입장에서라면, 이 이야기는 위와 같이 변환될 것이다. 그런데 이것이야말로 사랑의 고백이 아닌가? 상대를 사랑해서, 사랑할 수밖에 없어서 자신의 모든 것을 제공하는 몸짓, 돼지야말로 진정한 화목제(和睦祭)의 주관자 아닌가? 사랑은 자신에게 닥친 피동을 능동으로 전환하는 힘이다. '사랑' 장에 이르면, 돼지의 비통한 죽음을 노래하던 '제망돈가(祭亡豚歌)'는 돼지의 숭고한 사랑을 노래하는 '돼지는 잠 못 이루고'로 바뀐다.

7. 그는 쓴다, 꿀꿀 꿀꿀꿀……

여기까지 쓰던 복음서 기자(記者)는 펜을 멈추고 생각한다. 이 모든 죄와 대속, 희생과 구원의 서사를 적는 나는 누구지? 글을 쓰는 것은 그리는 것과 같다. "그 여자는 머리칼을 그리는 화가다. [……] 젖은 머리칼로 마루에 글씨를 써본다."(「금」) 그림이란 윤곽을 그리는 것이다.

글씨는 처음부터 윤곽, 곧 앙상한 기호들의 가시성만으로 이루어져 있다. 그런데 윤곽을 포착하기 위해서는 대상의 바깥에 서야 한다. 법을 제정하는 자(입법자)가 법의 바깥에 자신을 위치시킴으로써 법의 지배를 받지 않는 위반자(범법자)가 되듯이, 글을 쓰는 자는 자신이 쓴 글의 윤곽 바깥에 위치함으로써 그 글의 위력을 망가뜨리는 자가 된다. 구원의 역사가 가능하기 위해서 그는 구원자이거나 구원받는 자여야 한다. 즉 그 스스로 돼지가 되어야 한다.

> 나는 돼지
> 노출증 환자 돼지
>
> 나는 내 오물을 나의 독자들에게 나눈다
>
> 만져봐 이보다 더 부드러울 수는 없어
>
> 내가 쓴 것을 돼지처럼 공중에 매달아주세요
>
> 뚱뚱보 독재자를 광장에 매달듯이
>
> ─「요리의 순서」 부분

이렇게 해서 시인은 "노출증 환자 돼지"가 되고, 그의 글은 이 땅에서 싸고 뒹굴고 묻힌 흔적인 "오물"이 되었다. 그것은 치욕이지만, 이미 말했다시피 구원은 치욕의 내부에서만 생겨난다. 치욕의 내재성이란 이런 것이다. 그것이 바깥에서 부과되지 않았다는 것, 설혹 그렇게 부과된다 할지라도 주체의 몸짓에 의해서 자발적으로 선택되어 내부에 고정되었다는 것. 그는 그렇게 내부에서 생겨난 것, 곧 제 살과 피를 갈고리에 걸어 공중(空中)에 매단다. 말하자면 공중(公衆)에 발표한다.

> 보들레르는 보들보들한 레르이고
> 랭보는 냉정한 발걸음[步]으로 아프리카
> 말라르메는 말라, 말라하는 매인데
> 네르발은 내놔라 발 하는구나
> ──「벙어리 둥우리 얼굴이」부분

여기서 이름을 이용한 말놀이(소리은유)만 보아서는 안 된다. 돼지복음의 기자는 유머를 구사할 때조차 진지함을 놓쳐본 적이 없다. 이를테면 근대 프랑스 시를 대표하는 저 4대 천왕에게는 네 가지 상징적 지표가 있다. 보들레르는 "보들보들"하고(부드러움, 따뜻함), 랭보는 "냉정"하고(딱딱함, 차가움), 말라르메는 "말라"고 하고(금지, 부정성의 실현), 네르발은 "내놔"라고 한다(당위, 긍정성의 실현). 이들이야말로 묵시록의 네 기사에 버금가지 않는가? 물론 그 상징적 의미까지 같지는 않다. 네 기사가 전쟁, 죽음, 굶주림, 사망을 이 땅에 가져온 것(「요한계시록」 6장 1절~8절)과 달리, 네 시인은 위로하고 꾸짖고 금지하고 실현하는 말의 네 가지 역량을 이 땅에 가져온다. 이들은 또한 아름다움과 아픔에 관해서 논하는 네 마리의 돼지가 된다(「사라진 첼로와 검은 잉크의 고요」) 그러므로 시인 역시 수난담의 주인공이 되어야 한다.

칠 년 만에 눈뜬 매미인데
하필이면 군수님 경찰관님 기관장님 앞에서
시 낭독해야 한다

자궁 속에서 막 꺼내진 다음 숯불에 달군 석쇠 무늬가
허벅지에 새겨지는 새끼 돼지처럼

지금 당신들 앞에서 내 시를 읽어야 한다
그런 게 시냐 빳빳이 선 지렁이 같은 시선을 쏘아대는
님 님 님들 앞에서

—「사각형 그리고 줄무늬」 부분

시인 앞에 선 "군수님 경찰관님 기관장님"의 이름은 아마도 헤롯, 빌라도, 네로일 것이다. 그는 낙인을 받은 새끼 돼지처럼 얌전히 끌려 나와서, 시 따위는 아무것도 모르는 권력자들 앞에서 시를 읽어야 한다. "그런 게 시냐"

고 비웃는 이 땅의 인간들 앞에서(그들은 제 성질을 못 이겨 조금이라도 밟히면 꿈틀한다), 치욕을 당해야 한다. 그리고 그 자신을 포함해서 그 치욕을 기록해야 한다. 시인은 고통받는 노출증 돼지다. 이 장시의 여정은 여기서 끝난다. 그러나 우리는 겨우 1부의 끝에 도달했을 뿐이다.

8. 징표들

이 시집의 2부는 돼지의 부활(＝죽음)을 예시, 증언, 확증하는 수많은 징표들로 가득하다. 징표란 본질, 비밀, 이면, 미래를 폭로/암시하는 기호다. 이로써 이 시집은 글쓰기에서 글로 이행한다. 몇몇 징표들을 살펴보자.

① 흙: "흙도 목욕을 한다고 한다 흙도 몸에 물을 끼얹고 싶어 한다고 한다"(「모욕과 목욕」). 이 흙은 돼지가 누운 곳, 곧 오욕과 모욕을 동시에 감당하는 다수의 터전이며, 돼지가 누울 곳, 곧 죽어서 흙이 된 돼지가 더 이상 배경과 구별되지 않을 때조차 돼지임을 증언하는 징표다. "나는 흙 너머로는 갈 수가 없다 흙이 얼어붙었다가 녹으면서 한 생이 저문다"(p. 58). 살아서는 그곳에 갈 수가 없다. 돼지는 죽어서도 사방에서 꿀꿀거린다. 백골이 진토가 된 부활이다.

② 부적: "귀신들이 읽는 글인데/잉크가 묻지 않는 방

법을 쓴 글인데/병을 생각하지 않으려고/병상에서 쓴 글인데/불에 달군 몸으로 쓴 글인데"(「글씨가 아프다」). 귀신들더러 읽으라고 쓴 글이 부적이니, 이 돼지문서는 부적이다. 병과 관련된 글이니 귀신들 중에는 역신도 있겠다. 의사가 차트에 쓴 글도 '이 환자는 아직 때가 되지 않았으니 미리 데려가지 말라'는 부적의 일종이겠다. 게다가 돼지 몸에 찍은 낙인이야말로 죽음의 기호가 아닌가?

③ 기념일: "4월 17일 목요일 수업에 들어온/열다섯 명의 A반 학생들이 신생아실의 간호원들처럼/서른 개의 눈을 뜨고 나를 낱낱이 훑어보고 있습니다"(「4월이 오면」). 제목을 이룬 "4월"은 "세월"이기도 하다. 2014년 4월 16일 수요일 이후, 우리에게 모든 해의 4월 17일은 목요일이 되었다. 기념일은 매년 부활하는 날이다. 기념일과 함께 그 비극적인 죽음도 부활한다.

④ 예언: 수태고지를 하러 천사가 방문했다. "오늘 밤 아기를 수태하리니", 이렇게 말을 건네는 찰나, 그녀가 대답한다. "아이고 천사님, 나는 백 살이 넘었습니다." 모든 빗나간 예언, 실현되지 않는 예언은 실은 이미 실현된 예언이다. 미래가 과거지사가 될 때, 그것은 빗나간 말이 되는 한편으로 실현된 말이 되기 때문이다. "오늘 밤 내가 네 아들에게 죽음의 세례를 주리니, [……] 아이고 천사님, 우리 아들 죽은 지가 언젠데"(「메리 크리스마스」). 이 착란이야말로 수태고지를 이미 완결된 것으로 만들지 않

는가? 아들은 진즉에 태어나서 살았고 죽었다. 예언은 이미 성취되었으며, 덕분에 아들은 그 예언의 힘을 빌려 과거에서 현재로 돌아왔다.

⑤ 알레고리: 알레고리는 처음부터 주어진 글을 글 바깥의 무엇, 이를테면 현실에 비끄러매는 장치다. 이때마다 돼지의 죽음은 현실성을 획득하게 된다. 이로써 돼지는 현세에서 실현된다. 이를테면 이런 구절. 내 혀와 내 몸은 "둘 다 언젠가 쥐의 통치하에 살아본 경험이 있다"(「설탕생쥐」).

⑥ 커피: "이상하여라/마실수록 젖은 몸이 마르는/마실수록 투명해지는/점점 가벼워지다가/지워지는/입맞춤"(「커피」). 이 경쾌한 구절은 바흐식의 커피 예찬이 결코 아니다. 마실수록 내 몸이 세상에서 증발하고 있기 때문이다. 커피는 죽음과 가까운 음료다. 그것은 시즙(屍汁)을 닮은 음료다. 커피를 마시는 사람은 "샤워기에서 쏟아지는 검은 물에 머리를 감는 사람"(같은 시)과도 같다.

⑦ 날씨: "당신한테서 전화가 온다./하지만 나는 안다. 저 달이 당신 흉내를 내고 있다는 것./하지만 나는 모른 척한다./당신인 척하는 달과 나인 척하는 나무가 살랑살랑 대화를 나누는 달밤"(「날씨님 보세요」). 동일한 구문이 반복되면서, 당신은 달과 비와 빈집이 되고, 나는 나무와 우산과 먼지가 된다. 당신은 날씨다. 저토록 여러 표정으로 변덕을 부리거나 변심하기 때문이다. 당신은 매번 다

른 표정으로 부활하여 나를 찾아온다.

⑧ 동물들: 그런 변신담의 주인공으로 동물만 한 것이 없을 것이다. 죽음(＝부활)을 표시하는 두 동물의 예만 들겠다. "공중화장실에서 소녀가 제 몸에서 분홍 코끼리를 꺼내고 있다"(「분홍 코끼리 소녀」). 조금 지나서 이 문장의 원뜻이 이렇게 적힌다. "한 소녀가 혼자 공중화장실에서 아기를 낳았다"(같은 시). 분홍 코끼리는 낙태의 대상이 되어 벌거벗은 채 버려진 아기다. 아기는 죽어서 새로운 동물의 몸을 입었다. "마음의 물이 썩고 이명의 저수지가 터졌다/이후 파리의 눈으로 세상을 보게 되었다/[……]/저 개도 그렇다/분침과 초침 사이/백만 개로 쪼개질 몸통/저 더러운/맛있는 개"(「파리로서」). 파리는 죽음 이후의 곤충이다. 파리는 죽음을 냄새 맡고 제일 먼저 찾아오고, 먹이를 녹여 먹으며 제일 먼저 죽음의 맛을 본다. 파리의 겹눈은 세상을 수천 개로 쪼개서 본다. 파리의 눈에 저 개는 "백만 개로 쪼개질 몸통"을 가진 개-돼지다. 파리는 죽음의 편에서, 산-죽음 곧 죽음을 품은 생명을 본다.

아, 실로 세상은 돼지의 죽음이자 부활을 예고하고 암시하고 지시하는 징표들로 가득 차 있구나. 이 깨달음은 징표로서 홀연히 임하는 것이니, 이것이 '돈오돈수(豚惡豚修)'일 것이다.

9. 현동화

3부는 이 기호들의 운동에 관해서 말한다. 기호로서의 징표는 실체가 아니다. 그것은 다만 어떤 것이 출현할 것임을 일러주는 손가락표다. 도처에 손가락이 나타나서 돼지의 성육과 희생과 구원을 지시하고 있으나, 유물론적 돼지가 아까부터 웅변하듯이, 그 손가락의 주인은 따로 있지 않다. 있는 것은 바로 그 손가락질, 곧 기호의 지시작용뿐이다. 3부는 이 징표들이 어떻게 출현하고 현동화되는지에 관해서 말한다. 그것은 먼저 '춤'으로 명명된다.

> 얼음거실이 천천히 녹고 있어요
> 다 녹기 전에 당신의 인생을
> 5분으로 줄여보세요
> 그 춤을 다 추면 집은 녹고요
> 그리고 당신은 죽어요
>
> —「춤이란 춤」 부분

인생은 겨우 5분의 춤에 맞먹는다. 이건 허무한 표현이다. 이렇게 말하자. 5분 동안의 춤으로 인생을 표현할 수 있다. 이렇게 보면 대단한 춤이 아닌가? 그 춤의 끝에서 당신은 죽는다. 이 춤이 죽음의 춤이라서가 아니다. 이 춤의 이름은 '조문도 석사가의(朝聞道 夕死可矣)'다. "내가 이 세상을 허리에 묶어서 끌고 가는 춤을 추는 중이에요"(「춤이란 춤」). 나를 보라, "세상 죄를 지고 가는 하나님의 어린"(「요한복음」 1장 29절) 돼지가 아닌가? 그 짊어짐이 춤으로 표현되고 있는 것이다.

실로 그렇다. 사람들은 모두 댄싱교습소의 학생들이다(「댄싱 클래스」). 몸에 내재한 우주의 기가 몸을 통과할 때 듣는 음악도 춤곡이며(「쿤달리니가 뮬라타라를 떠날 때……」) "이별 기계인 이 별"의 "자전과 공전" 역시 이별의 춤이다(「다음은 입자무한가속기로 만든 것입니다」). 한 시인-돼지는 말한다. "첼로 없이 산다는 건 죽음 없이 시를 쓰는 시인과 같은 것"(「사리진 첼로와 검은 잉크의 고요」)이라고. 윤회는 무곡의 일종이며(「나의 어제는 윤회하러 가버리고」), 고급스런 식당에서는 낙태한 "아기들의 얼굴"을 먹으며 아베 마리아를 듣는다(「오리엔탈 특급 정갈한 식당 서비스」). 춤이란 결국 징표들의 출현을 예측 가능하게 만들어주는 역(易), 곧 죽음과 생명이 어우러지는 어떤 패턴을 가시화한 것이라고 할 수 있다. 따라서 춤은 실체가 아니라, 술어 작용으로서만 현존하는 생생지변의 다른 이름이다.

10. 부활, 하나하나의 몸

이 춤은 어떻게 끝날 것인가? 4부는 바로 그 질문에 답한다. 이 대답이 시집의 결어에 해당하므로, 우리가 처음에 검토했던 장시(1부)의 결어를 먼저 살펴보자. 두 결어는 서로 맞물리면서 일종의 맥놀이현상을 보여준다. 시집 전체에 꿀꿀거리는 소리를 퍼뜨리는 맥놀이를.

몸 버리고 가라는데 몸 데리고 간다

돼지 버리고 가라는데 돼지 데리고 간다

꿈속에서 나가
이제 그만 새나 되라는데
몸속에서 새가 운다

이제 그만 안녕 너 없이도 살 수 있어

돼지가 따라온다

내가 바로 저 여자야
못생기고 더러운 저 여자

—「산문을 나서며」 부분

산방에서 나는 몸과 마음의 집착을 버리라는 가르침을 받았다. 내 안의 돼지를 버리라고, 세상의 속박을 끊고 새처럼 자유로워지라고 했다. 그러나 나는 그럴 수가 없다. 이 몸을, 돼지로서의 피와 살을 버릴 수가 없다. 새도 날려 보내지 못했다. 내 몸 안에 새장을 품었기 때문이다. "원피스는 벗겨지고 새장만 남았어요"(「날아가는 새의 가녀린 겨드랑이」). 새장을 닮은 치마인 크리놀린에 갇힌 여자가 나였고, "바들바들 떨면서 쇠침대에 사지가 묶"인 새가 나였다(p. 82). 산방의 가르침을 따르면 나는 나를, 돼지를, 새를 벗을 수 있을까? 그 바깥에 아무것도 없는데? 그 가르침 자체가 내게는 더 큰 우리[窠] 아닌가? 나는 나를 따라온 돼지와 한 몸인 돼지-여자다. 이 몸을 버릴 수가 없다. 아니, 버려선 안 된다.

> 나는 내 몸에 꼭 맞는 일인용 감옥에 살아요
> 나를 피해 몸속으로 도망간 소금기둥 같아요
> ─「일인용 감옥」 부분

현동화된 죽음, 슬픔, 불안은 이제 "내 몸에 꼭 맞는 일인용 감옥"에 갇혔다. 저 일인용 감옥은 내 몸과 어떤 간격도 없다. 그러므로 저 감옥은 곧 내 몸이다. 바로 이것이 돼지복음에서 말하는 성육신이다. 이제 그것들은 개

체화, 개별화된다. 이것은 전체로서의 다수가 아니라, 각
자성(各自性)을 획득한 다수다. 이를테면 다수로 피어났
어도 각자 피어난 장미가 그렇다. 이 장미는 "피어라 돼
지"의 소망을 실현한 장미-돼지다.

  네가 장갑을 벗고 장미1을 내민다
  몇 겹의 구름을 벗은 파란 얼굴이 장미6을 꺼낸다
  지장처럼 찍힌 그의 흉터를 스티커처럼 벗기자 장미 7이
나온다
  [……]
  장미는 암산왕이다
  $89 \times 35 = 3,115$
  $89 \times 26 = 2,314$
  장미가 핀다
  장미접시 위의 장미권총
  장미야경 아래 장미지하실
  비행기가 떨어지고 장미가 온다
  기차가 탈선하고 장미가 온다
  배가 가라앉고 장미가 온다
  하늘을 나는 백조 떼의 심장 발작처럼 툭 툭 피는 장미
  심지어 오늘은 35와 7분의 1송이 장미가 온다
                            ──「올해도 장미가」부분

이 장미는 돼지9와 돼지9와 돼지9……가 모인 그런 다수와 얼마나 다른가? 이 장미들은 장미1, 장미6, 장미7, 심지어 장미35와 7분의 1이다. 각자 피었으므로 아무리 다수여도 이들은 모두 세어진다. 이쪽 울타리에는 3,115송이가 피었고 저쪽 담장에는 2,314송이가 피었다. 고래고래 소리 지르며 울 때 출현한 그 고래 떼(「올해는 고래가 유행이야」), 4월 16일 이후에 "그 아이들하고만 얘기하"는 바람(「바람의 장례」), 죽은 채로 살아난 "좀비"처럼 내리는 비(「좀비 레인」)가 모두 그렇다. 개체화된 다수, 개별자로 피어난 장미, 한 몸에 깃든 돼지…… 돼지는 정말로 부활하였던 것이다.

11. 단 한 편의 시

처음의 말을 반복하면서 글을 맺도록 하자. 이 시집의 1부는 모든 것을 품은 단 한 편의 시이며, 이 시집은 각주, 보유, 예시, 변주를 품은 단 한 편의 시다. 단 한 편으로 세상의 모든 것을 말하는 시가 얼마나 있을까? 이 다면체-돼지의 죽음과 부활, 희생과 구원의 서사는 「황무지」와 넓이를 겨루며 「실낙원」과 높이를 다툰다. 놀라운 일이다. 한국의 현대시가 여기에 이르렀다. ▨